U0084139

GAEA

Gaea

冥使

vol.7 五大家族的誓言

護玄——著

兔俠 vol.7

目錄

兔俠

人物簡介
CHARACTERS

青鳥·瑟列格▼第六星區

金髮碧眼、擁有一張娃娃臉的20歲熱血青年。
喜愛正義、討厭壞蛋，夢想成為正義組織的一員！

琥珀·沙里恩▼第六星區

黑髮，擁有罕見湖水綠眼眸的16歲少年。
個性冷淡、有點不善交際。

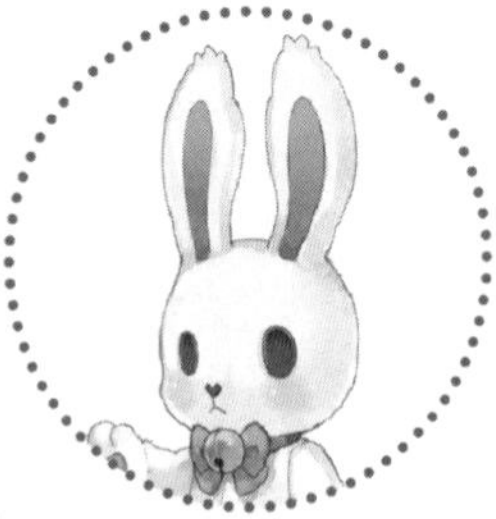

兔俠▼第七星區

處刑者。性別男，大白兔布偶，白毛紅眼睛。
非常認真嚴肅，忠於自身信念。

黑梭▼第七星區

處刑者。黑髮褐眼，變化後轉為紅眼。
看似輕佻，但其實相當會照顧人。

茆·菲比▼第六星區

處刑者。金棕色的長髮與雙眼，是個可愛的少女。
開朗、大而化之。對自己人很好，有點排外。

沙維斯▼第六星區

霸雷能力者，曾失去一段記憶……
眼與長髮都是淡灰色。冰冷不易親近，堅守正義。

噬·巴德▼朱火強盜團

朱火團長之一。黑髮褐眼，左臉有火焰圖騰。
為了達到目的，可以使用任何手段。

美莉雅安奈·巴德▼朱火強盜團

朱火副團長之一，橘髮褐眼，左臉有火焰圖騰。
冷漠高傲，只服從噬的命令。

她躺在地面上，從隙縫中仰望著天空。

雖然黑暗隔絕了一切，但她依然能看見，那閃爍燦爛的星點如同以往般，非常非常地美麗。

在「彼方」的身體，抱著柔軟的軀體。

然後，勾起微笑。

第一話▼▼▼調魂

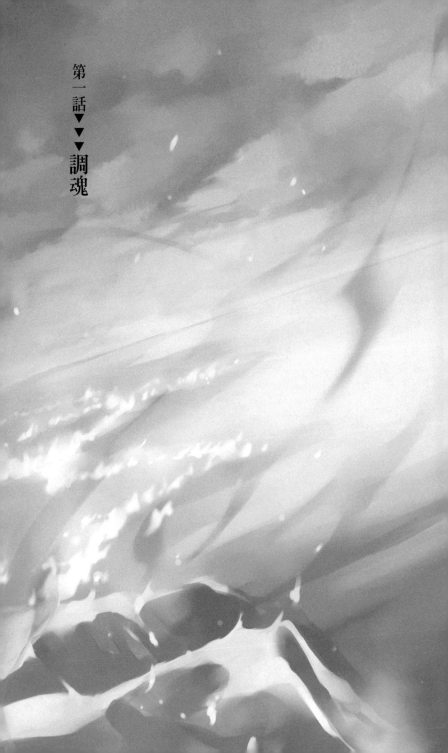

青鳥看著眼前讓他整個背脊發毛的小女孩。

「有話好說……」

「爲什麼你還可以說話呢？」小女孩打斷青鳥的話，有點不解地歪著頭，一邊滴落血珠一邊慢慢走到青鳥面前，「我並沒有讓你能夠講話喔。」

雖然小女孩笑得夠可愛，但加上一臉腥紅的血與不自然的詭異動作，讓青鳥雞皮疙瘩全都豎起。就在女孩快要摸到他時，突然有股力量拽住他的領子往後一扯，避開詭異的小孩；拉扯他的人亦同時旋身毫不猶豫踹飛幼小的孩子。

摔倒在地的青鳥暈眩過後，才看見是沙維斯襲擊了怪異的女孩，「欸？你可以動？」

沙維斯點了下頭，也不清楚自己爲何突然能動作，他握了握手掌，覺得還是有點使不上力，顯然是第三類能力者的「本體」依然在試圖攻擊他們，想箝制所有行動……強盜團的人到現在還僵硬在原地。

被踢飛撞在牆壁的女孩發出幾個聲響，像是斷了線的娃娃般動作變得不自然，反折的右腳以怪異的方式再度支撐起身體，像是完全感受不到疼痛的女孩露出微笑，看著沙維斯，「爲什麼能動呢……好麻煩啊……你們爲什麼要這樣欺負人呢？黑梭爲什麼不見了？」

「我們也是爲了找他來的。」沙維斯瞇眼皺眉，再度感到頭部傳來陣陣刺痛。

「你也是『調魂』嗎？」女孩抬起頭，語氣逐漸變得冰冷。

「不是。」沙維斯搖頭。

「那在攻擊我的『第三人』是誰呢？」女孩身體開始搖晃起來，有些疑惑。

「還有第三個『調魂』？」青鳥也訝異了，他以爲這裡只有茉莉和不知道是不是「兔俠」的這兩人。

「這裡應該只有兩名『調魂』能力者。」沙維斯的確沒感覺到附近有第三個相同能力者……如果有，必定是在有些距離的地方，從遠方操控。有那種程度的第三類能力者的確能夠讓他無法發揮「眞實」探查到。

協助我們，是友方？

但這次所有成員裡，並沒有「調魂」。

還沒思考出所以然，沙維斯再度感受到外力帶來的不適，原本已經稍微能活動的身體又開始變得僵硬。

「既然黑梭不在，那你們一起死掉好了，我最討厭陌生人。」說著，女孩抬起手。

「慢著。」

暫緩女孩動作的聲音從青鳥隨身儀器傳來，「妳確定這是『兔俠』眞正的意願？」

「外人都殺光光啊。」女孩微笑著看向青鳥手腕上的儀器，「兔俠只要有黑梭就夠了，我們必須保護自己。」

「黑梭確實說過需要我們的協助，再問妳一次，妳確定這是『兔俠眞正的意願』嗎？」琥珀壓低語氣，第二次詢問。

「……」女孩斂起了笑容，表情變得深沉。

「大俠絕對不會傷害無辜的！快點從那個小女孩身上離開，她都受重傷了！」看著茉莉的身體一直在滴血，青鳥很著急，那樣子的小孩肯定無法承受這種傷勢，如果治療晚了，一定會死。

「她攻擊我，該死。」輕描淡寫丟過去這樣一句，女孩揮揮手，並不在意宿主的下場，「只是中高等的『調魂』，自不量力。」

「喂──」青鳥覺得自己快抓狂了。

「強盜團也都去死好了。」

女孩的話才剛說完，被固定在後面的克諾突然應聲倒下，而凝聚的影子瞬間也全部散化。「嘖……又是第三類。」

注意到克諾似乎並沒有因此眞正死亡，身體還有起伏，大概是因爲某些損傷失去意識，青鳥不知道爲什麼鬆了口氣。

他並不是擔心強盜，而是不想眼睜睜看著「兔俠」大開殺戒。

正想再講點什麼勸服對方時，青鳥突然看見女孩又把臉轉過來——「接下來就是你們。」

「沙維斯！上！」

琥珀聲音傳來的同時，不知爲何再度解除控制的沙維斯猛地揮出雷氣，如同鞭子般的細光甩在小女孩身上，瞬間麻痺對方行動能力；接著天花板上發出些許聲響，落下幾個銀白色的小儀器包圍在女孩身邊，拉出層層光芒，困住跪倒在地的幼小身體。

「這是能夠暫時隔絕能力攻擊的小工具，我不曉得對第三類能力者有沒有效用，你們快點離開那裡。」琥珀這樣催促著。

青鳥頓了下，發現自己眞的能動了，立刻就從地上翻起身，收回落在一邊的傘和細劍。「咦？那大俠……」

「你的命比較重要。」琥珀打斷青鳥的遲疑，回答道：「快撤。」

「先退出去，再商量。」沙維斯確認自己完全不受阻礙後，看了眼被困在血泊中的女孩，知道當下他們已無法帶走對方，更別說要治療什麼的。

而且顯然「兔俠」到目前爲止都還很有自保能力，暫時不用擔心。

青鳥還是很想帶走茉莉，但也了解這個狀況無法出手，只好一咬牙，打算先離開地下室再想辦法。

兩人同時準備撤出，趴在另一邊的克諾突然抽動了下。壯漢撐起身體，臉上露出方才女孩曾掛在臉上、相同的冰冷神情。

「你以爲藏在海底，我就找不到嗎？」

聽見這句話，青鳥完全愣住了。

接著，從他的儀器裡傳來了低低的悶哼，通訊那端的人明顯壓抑了聲音，但來不及切斷通聯，讓他清楚聽見類似倒地的聲響。

「琥珀？」

沒有回應。

「琥珀……琥珀！快回答啊！」極度強烈的不祥感從胸口爆炸開來，青鳥那瞬間完全忘記吵架什麼的——去他媽的吵架！

「快回答我啊！」

沙維斯挾著人緊急退出地下，正好在上方走廊與曼賽羅恩等人重新會合。

「我們殲滅了第一波人，但已攔截到第二批人正往這包圍的消息。」曼賽羅恩簡短說明現況，「愛麗絲的防禦壁暫時撐得住，目標物呢？」

放下不斷重新要求通訊的青鳥，沙維斯也將地下室的狀況告知另外三人。

「咦？兔俠不是朋友嗎？」庫兒可有點愣住，不明白「調魂」為何會連他們都攻擊，而且聽到琥珀疑似被襲擊了，她莫名有點想快點回到潛水船上看看。

「恐怕不一定是。」沙維斯認為目前兔俠恐怕算得上是敵人。

「我們不能在這個地方拖延太久，如果不能順利得到『本體』，那麼就只能拱手讓給強盜。」聽著外面傳來的聲響，曼賽羅恩知道第二批敵人已經到達，正試圖破除庫兒可的防禦壁。不過女孩特別壓縮了土壤硬度，堅硬的土壁還可再擋上些時間。

「琥珀完全聯絡不上……」青鳥看著一片空白的數據，很焦急。

「海特爾那邊呢？」沙維斯沉下臉。如果青年們受到牽連，他就雷擊掉整座神殿。

「啊，對！都忘記波塞特也在船上！」青鳥剛剛只記得想快點聯繫上琥珀，完全忘記還有領航員和波塞特兄弟這回事。

「我聯繫上了，他們兩位沒事，但似乎被困在潛水船的房間裡。」藤將通訊拉出來，連接到所有人的儀器。波塞特發過來的訊息的確說了他與海特爾沒遇到什麼異狀，不過接到傳訊要出去看琥珀狀況時，才發現房門被鎖上，他們兩個被關住了。

點開即時通訊，沙維斯拉出影像。

「琥珀弟弟是怎麼回事？」同步接上的波塞特立時出現在畫面上，表情有些焦急，「領航員說我們沒有權限，琥珀故意不讓我們出去？」

「是不是怕你們有危險啊？」庫兒可連忙擠過去，「他們說兔俠在發瘋，用『調魂』能力亂攻擊人。」

「那怎麼辦？我們也聯絡不上他。」就只隔著一扇門，波塞特不明白少年這麼做的理由。不過如果真的不行，他就要朝房門動手了，極端熱度應該能破壞掉封鎖吧。

「……等等，我記得琥珀好像把船登記在『瑞比特』的名義下，你們試試看我這邊的授權。」青鳥隱約想起來這件事，不過不清楚具體是怎樣登記的，於是把手邊所有權限都傳給波塞特。

大致稍等片刻，波塞特那邊就傳來回應：「開了……等等，好像有強盜團往你們那邊靠近了，我去看看怎麼回事，你們先聽我哥的引導。」

波塞特一提醒，幾個人才發現手邊儀器的確已經出現警示，並非庫兒可的牆壁被衝破，而是強盜團顯然使用其他方式進入大殿。

接手的海特爾出現在畫面上，「我引導你們撤離……」

「等等。」沙維斯打斷了海特爾的話，停頓幾秒才再度開口：「下方那名調魂的能力正在減退。」

「嗯？那能移動本體嗎？」曼賽羅恩問道。

「如果是這個程度，或許可以，但調魂可能會再發動攻擊。」雖然因為不明原因而開始淡去力量，不過沙維斯認為還是不容輕忽。「即使移出，也不能帶到船上。」

「先暫時安頓在我們的隱藏點。」藤邊說，邊布下迷魂類的植物。

「由你們決定。」沙維斯看向其他人。這些事其實與他無關，他只是來協助。

「唔……」青鳥猶豫了，雖然兔俠很重要，可是他現在更擔心琥珀的安危。

「賭看看？」庫兒可看著青鳥，想了想，開口：「我可以從地底開道，回去應該比較快。」她也擔心……她不是很擔心那個臭臉啦，只是現在回去一定也得花一番工夫，如果可以順道帶走兔子本體，應該不會拖延太久。

「既然如此，就別浪費時間了。」也打算去看看的曼賽羅恩與藤交換了眼神，立即邁開步伐，往地下空間走去。

看著夥伴們都向前走，青鳥也只好跟上去。

一路往地下室，果然沒再受到任何攻擊；進到庫房時，裡頭甚至安靜到讓他們覺得異常。

克諾與茉莉還是趴躺在地，一動也不動，不過沙維斯說他們的能力感還在，所以立即知道兩人還未死亡。

在青鳥的請求下，藤先幫小女孩緊急治療，同時其他人開始檢視起女神塑像。

「如何？」曼賽羅恩詢問沙維斯。

「力量感還是很低，現在沒問題。」沙維斯覺得有些怪，剛才攻擊他們時，這名頂端調魂的力量明明相當充裕，但卻在瞬間衰減成這樣……難道是所謂的「第三人」動的手？

的確，被攻擊時調魂幾度動搖，也無法順利掌控他們，那麼「第三人」究竟是誰？對方能夠壓制兔俠組織的調魂，恐怕實力不低。

思考同時，其他人也已經找到了塑像下的暗門，使用琥珀先前給他們的萬用解密程式後，暗門很快打開。

出現在所有人面前的，是個大銀箱。

□

順利離開房間後，波塞特幾乎立即便知道外面發生什麼事。

一片湖綠色光芒的操縱空間裡，琥珀就倒在圓盤旁邊，四周環繞著大量正在跑動的分格畫面。即使失去了操作者，但系統程式顯然短時間內仍能自行運作。

「琥珀！」波塞特快步衝上前扶起少年，接著感覺到手邊有些濕黏感及傳來淡淡的血腥氣味，把琥珀翻正，就看見他刷白的臉，耳朵、鼻子與嘴角滲出血絲，「領航員，快點啓動醫療！」

搞不懂發生了什麼事，不過波塞特光看就曉得狀況相當不妙，一把抱起琥珀直接往旁邊已出現的白床上放。

「受到中度震盪衝擊，受損程度可能危及生命。」快速掃描後，領航員開啓治療小盒，替少年醫治。

波塞特站在旁邊等了半晌，才等到琥珀緩緩轉醒。

「是被兔子攻擊嗎？」等待的時間裡，波塞特弄清楚剛才發生的那些事了，知道兔俠並未如他們預期般友善，反而充滿強烈的敵意。

「不是他。」琥珀還覺得頭部陣陣發痛，動了動手指，整個發麻，身體知覺有一大半都是消失的。如果剛才那瞬間他沒有相應的防護，很可能眞的會被殺掉。那名調魂比他預想的還不講理，而且極度排斥外人。

「青鳥他們順利取得本體了，雖然有點怪，不過他們會先將本體送到藏匿點，然後青鳥……」

「叫他不要回來。」琥珀當然知道那個矮子現在肯定打算用最快的速度衝回來，他閉上眼，全身使不上力，「你有告訴他們嗎？」

「我怕他們現場會有意外，沒說。」波塞特爲了不影響小隊伍的行動，讓海特爾先回報說這裡什麼事情都沒有，琥珀人也好好地在攻擊不知道哪裡的系統。

「你讓所有人前往藏匿點，我們把船移到那附近；接著是黑梭的問題，我解開了中央地圖與授權，你們……」

話還沒說完，琥珀的聲音變得越來越小，直到中斷。

「琥珀？」波塞特有點被嚇到，緊張地摸摸對方蒼白冰冷的臉，確定只是昏過去，才鬆了口氣。

「在治療復元前，建議讓傷患繼續保持沉睡，同時恢復充足體力。」領航員拉出一層隔離光網，覆蓋在少年身上。

「之前沒有很充足嗎……」

波塞特隨口問了句，原本只是下意識的話語，所以他沒預料到領航員會回應他——

「是的，本船自搭乘起便偵測到琥珀先生的身體極度疲憊，已經達到輕度病損、須修復狀態。若是繼續堆積勞累，會造成其他傷害，建議必須多段休息，以延長機能時效。」領航員畢恭畢敬地報告，一旁的治療小盒子也跟著團團飛繞著。

「等等，機能時效是什麼意思？」總覺得這詞聽起來不太對勁，波塞特皺起眉。

「您沒有權限，無法對此問題進行詢問。」

又是沒有權限！

剛剛才被關小房間的波塞特突然有點惱火，「瑞比特的權限不是給妳了嗎！」

「問題等級高過『瑞比特』權限，無法進行回答。」

「什麼意思啊？難道琥珀身體狀況是啥最高機密？」居然高過瑞比特的控船權限到

底是怎樣？

不對啊，剛才領航員還是有報告受創程度，也就是說並不算高機密……那麼就是提問的方向？

「琥珀的身體有其他的作用？不僅僅只是一般小孩？」

「您沒有權限，無法對此問題進行詢問。」

「琥珀其實有三百歲？」這個是胡扯的。

「根據本船掃描，琥珀先生實際年齡爲十六歲。」

「他其實可以變身？還會從嘴巴裡噴出雷射？」

「您沒有權限，無法對此問題進行詢問。」

走出小房間的海特爾正好聽到他家愚蠢的弟弟在問領航員同樣愚蠢的問題。

「……你不是出來照顧琥珀的嗎喂！」爲什麼變成嘴巴會噴出雷射了。

波塞特回過頭，直接將他哥拉到牆角邊，低聲說了剛才的對話與自己的結論：「琥珀好像把自己的『能力』鎖密了……眞奇怪，大家都知道他是『頭腦』，有什麼好鎖的。」剛剛幾個問題下來，他就發現領航員拒回能力相關問題，身體狀況倒都會報告。

「如果他不願意人家知道，就別探人隱私。」海特爾搖搖頭。

「知道。」其實也就是問個好玩，波塞特沒打算問到底，「你跑出來幹嘛？」

「有東西往這座島靠近。」讓領航員協助打開第七星區的大地圖，海特爾指向海外，「好像是什麼傭兵的船，顯示他們開啓反偵測隱匿行蹤，但接近的速度很快。」

「反偵測……」然後被琥珀的系統給偵測出來是嗎……波塞特頓了頓，決定不去想裡面深沉的含意，朝領航員問道：「可以辨識嗎？」既然都偵測出來了，搞不好還眞的可以辨認。

「正在解析該船的登錄資訊。」

看來還得再花點時間。波塞特覺得可能不會那麼快有結果，「對了，剛才琥珀說他已經解開中央地圖，我想或許能找到黑梭的下落。我們移動潛水船到沙維斯他們要去的藏匿點附近，然後把地圖發給他們吧。」

「嗯。」海特爾低下頭，思考了片刻，然後開口：「中央區比較危險，如果有必要的話……你還是去和他們會合吧。」

「現在放著你我可不放心。」既然都知道對方身體有問題，波塞特就不可能將他放在這種不確定是否安全的地方，尤其琥珀還受傷了，誰知道會不會再發生其他事。

「船裡還滿安全的，不用顧慮太多。而且，現在你的能力可以幫他們，不是很好嗎。」海特爾知道弟弟很想幫忙，他們在船裡看著其他人被強盜團包圍，一樣緊張，「別想太多。」

「……再看看狀況吧。」波塞特並沒有立即回答，「說不定沙維斯一人就可以挑千軍呢，別小看『霸雷』，瘋起來也很嚇人。」說不定來個什麼天譴的大絕招，第七星區就可以沉掉了。

「那就先繼續引導他們吧。」

□

使用庫兒可造出來的地道遠離神殿後，一行人搭乘紫櫻急速離開。

藤專心引導紫櫻藏匿行蹤，避開各種搜索往據點而去。在後方的曼賽羅恩端著槍警戒，做好了如果銀箱發生什麼預料外的事，就要將這東西從高空中踢下去的準備。

「力量還在消減。」監控能力者的沙維斯淡淡說著：「或許真的還有其他能力者在抗衡，否則本體並未受損，應該不可能變得這麼虛弱。」從他們離開神殿後，箱子裡的東西變得比原先更衰弱，而且能力持續減退，估計有可能會被完全封鎖。

「會是誰呢？」庫兒可眨眨眼睛，好奇問道：「連你都沒感覺，會不會是比你還厲害的能力者啊？」

「或許是。」發現問題後，沙維斯一直在探索附近的能力者，但的確沒找到相應的目標，只擊落一些無用的雜魚。或許眞的有什麼厲害的能力者在協助他們……荒地之風嗎？不過他不記得荒地之風有這種能力者。

「唔。」庫兒可抓抓不好用的腦袋，想了想，轉過頭要問青鳥的意見，才發現他還是那張魂不守舍的臉。「怎麼？不是都說琥珀沒事了嗎？」回報的人都說沒問題了，他還在放空個蛋。

「呃，沒事，我在想別的……」其實還眞的是在擔心琥珀，不過青鳥覺得承認有點尷尬，「中央的地圖解開了，也有授權可以用，應該能順利救出黑梭吧。」

「如果他在內部，或許可以。」曼賽羅恩沒有百分之百的把握，即使他們這邊有罕見能力者，但對方那邊也有足以應對的第三類能力者，危險程度與先前探查不同，「你們留在據點裡等，我們去搜索。」

「我可以幫忙喲！」庫兒可連忙舉手，「有危險我會立刻逃。」她的能力可以瞬間將她埋到地底超深處。

「既然是我們請大家來幫忙，當然我也要去。」青鳥看了眼沙維斯，說道：「我也會逃超快，請放心。」

都說到這份上了，曼賽羅恩也只好不再勸阻。

飛了一段時間後，紫櫻最終停在一座深山內的無人小村，所有建築物破敗傾圮，顯然已荒廢許久。

藤稍微解釋了這是森林之王的備用據點。之所以不使用兔俠的據點，是因爲北海已無法信任，加上強盜們按照北海提供的線索，攻擊幾個大小區域，於是在快速帶走主機後，兔俠組織所有據點全數廢棄了，協助者們也按照先前的約定緊急撤散。

找了一處保存較完好的房舍後，眾人便將銀箱搬入。

在神殿時沒有餘裕確定大箱子的狀況，曼賽羅恩直到現在才有時間針對封閉又沉重的箱子進行初步掃描。

「全都是密碼，要解開得花時間和工夫。」看著複雜的大量數據，曼賽羅恩皺起眉，「這需要『頭腦』，我沒有把握能在不傷到裡面的情況下安全解開。」

「那就得等琥珀回應了。」青鳥摸著冰冷箱子，「裡面該是大俠眞正的身體吧……」

「解開便知。」沙維斯等所有人安頓好後，拉開中央大地圖。

目前因不明原因而缺乏琥珀的引導，在海特爾兩人與領航員的協助下，他們花了好一番工夫才找到幾個極爲隱密的暗室。

「這裡頭可能有些點關押了第七星區眞正聯盟軍中的重要人員，即使沒找到黑梭，應該也可救出一些人。」始終沒找到那些重要的軍方幹部，曼賽羅恩只能像先前般推測他們被重兵看守在中央總部內。

而僞裝總長的朱火強盜首領也在此處。

「到達後，請沙維斯分辨被關押的所有能力者，應可加快救援速度。」藤邊計算著整個總部的大小，邊估算手邊還能使用的植物。

他們現在人少，相對地，輔助物就必須增多，以應付各種危險。

「這不是問題。」沙維斯曾見過黑梭，也記憶了能力，在分辨上會更加容易。

「既然如此，就先休息吧，我們晚上出發。」曼賽羅恩看得出來，即使是身爲頂端能力者，沙維斯也隱約露出疲態，更別說他身上還有傷。在神殿中大家都用過能力，消耗掉不少體力與精神，若是不休息，深入更危險的總部也只是白白去送命。

「我會驅使植物覆蓋這片區域，暫時不會有任何危險，請安心休息。」藤讓紫櫻圍繞在小屋邊上後，開始催動山林植物的生長。

很快地，大量綠色植物如他所言朝四面八方生長開來，像自然屏障般隔離了外界。

各自找地方休息後，青鳥還是放心不下。

雖然被調魂攻擊後有點暈暈的，不過當時他並沒有遭遇太多戰鬥，一路上都是沙維斯出手，他反而保留較多體力，狀況比其他人好很多。

看著大夥兒在屋內不同角落閉眼休息，連庫兒可都不雅地倒在地上呼呼大睡，他想了想，走到屋外。

在外頭趴著的紫櫻一看見他就抬起頭。

「沒事。」青鳥豎起手指，低聲示意飛獸不用動作。

再度發了訊息給琥珀，依舊沒收到對方任何回音，只有領航員暫代發出「無任何異狀」的回應。

琥珀眞的在專心攻擊別人的系統嗎？

「……還是眞的就不講話了啊喂。」青鳥有點頹喪地靠著飛獸坐下，依舊很在意琥珀的狀況。被攻擊那瞬間，他是眞的很懊悔冷戰。

雖然不想這樣想，但那一秒，他的確閃過「如果再也沒機會說話要怎麼辦」這樣的念頭。

在第四星區時也一樣，看見琥珀滿身是血倒在地上，他腦袋整片空白，瞬間只想到類似的事情。

雖然他們騙他、拐他，什麼重要的事都排除他，但如果再也沒機會說上一句話，連吵架都不能，那些事情又算得了什麼？

「如果你平安無事地在船上等我回來，我就不再提那些事情。」

青鳥看著沒有任何回應的冰冷儀器，把頭埋進膝蓋，「你不想講的我也不問了……就算你是蘭恩家還認識超多八塊肌，我也都不追究了。」

能再講話、對罵，比什麼都還重要。

對著心中的起源神與阿克雷發誓，他絕對不會再因爲那些事情發怒。

綠色的光在眼前淡淡散去的瞬間，青鳥只希望那些過去的初代神祇們眞的有聽見他的願望。

眞誠地希望。

第二話▼▼▼取回夥伴

夜晚到來，所有人重新整裝。

確認銀箱裡的東西沒有恢復力量，藤與庫兒可便合力先把銀箱沉封至地底，確保暫時的安全。

「照地圖上看，這座山的位置就在海邊附近，如果到時候眞的回不來，花點工夫從地底把箱子運過去就行，雖然要耗很大的力量。」庫兒可評估過，確定這種方式也可行。幸好第七星區大部分還保持著原始土地樣貌。如果充滿各種高科技建築，沒絲毫土壤，那她的力量就派不上用場了。

「地裂能力者還眞的滿方便的。」青鳥看著有點羨慕，自然系能力者的力量都很方便，而且範圍很廣。

「可是會很累啊，而且要休息很久。」庫兒可作勢揉揉肩膀，「你問沙維斯就知道了，沒控制好用太多會有脫力感喔，你們第一類的可能比較不會這樣。」

「這也是……」青鳥在運用能力時的確只要身體一疲倦就知道該停止，看來第二類能力者使用自然能力時無法在第一時間發現過度使用的狀況，難怪之前常常聽到泰坦在休息，調動那麼強的能力果然不是沒有代價的。

離開了廢棄山村後，他們在高空中又飛翔了些許時間。

第七星區的開發程度雖然不如其他星區，但接近中央區仍能明顯感受到與其他村莊小鎮的差異，光是建築物的建材便已經高級許多，也遠比那些小村莊的木料、石料房舍都還堅固。

夜空下，中央區的燈光不時閃爍，密集的程度則替他們指引了與地圖上相同方向的第七星區聯盟軍總部。

使用琥珀已破解的大地圖，邊聽著波塞特兩兄弟引導，一行人離開飛獸後，便在總部附近找到一處巡邏缺口混進去，順帶擊倒一些穿著聯盟軍制服的強盜團。從強盜身上得到的授權，讓他們暢行無阻地經過層層檢查，並未引起任何騷動。

「西側獨立建築物深處的確有野獸能力者，不過感覺很微弱。」沙維斯在無人的庭院角落打開地圖，這樣告訴其他人，「另外幾個囚禁點也有能力者，我想很可能是聯盟軍中被替換掉的重要人員。」

「我們的主要目標是黑梭，成功救到人後你們立刻撤離。」既然已經確定了位置，曼賽羅恩說道：「我有我的方式能夠留下搜索被困的聯盟軍。」

看曼賽羅恩與藤兩人似乎有自己的打算，青鳥不再多問什麼，畢竟在這之前，他們也一直在第七星區裡處理各種事務。

「對了，如果順利找回黑梭，應該就可以直接開那個鬼箱子了吧，不用管啥破解密碼。」庫兒可收掉路線圖，突然想到這件事。

「應該是這樣沒錯。」青鳥點點頭，「怎麼？」

「沒事，問問而已。」

循著地圖路線，他們再度避開層層守衛，靠近到關押黑梭的建築附近。

雖然夜視能力不太好，但青鳥能感覺到周圍守衛數量變得更多，巡守監視得更加嚴密，讓他們得以確定這一帶確實有其重要性。

閃避過最後一組通道邊的巡衛，曼賽羅恩快速解開密碼，順利開啓小窗，讓所有人自建築物後方的小房間入侵。

「裡面有幾名能力者，要小心。」雖然對方刻意隱藏力量，但沙維斯踏進門後立即隱約感覺到淡淡的氣息，難以分辨，不過仍能稍微探出其中一、兩名，「好像集中在同一個區域，其中有……」

話還沒說完，沙維斯瞬間抽出暫時替用的刀刃，急速往曼賽羅恩身後一擋。

兵器碰撞聲響起，其他人才驚覺已有能力者靠近。

「怎麼又是你們！」

女孩驚訝又憤怒的聲音傳來，青鳥同時認出對方的身分。

「怎麼又是妳這小強盜！」青鳥完全沒預料到竟然會在這種地方撞上美莉雅。少女仍保持著蓓莉的打扮，一身高雅的裙裝，就是手上短刀突兀了點。

就在兩人都詫異到極點時，抵擋了攻擊的沙維斯一使力，刀鋒便順著短刀直往少女臉上劈去，但很快落空。

速度不慢的美莉雅避開攻擊、向後翻開幾步，短刀揮出指向青鳥，壓低聲音喝道：「你們是眞的想找死嗎！到底知不知道這是哪裡啊！不想死就快點滾出這裡！」

「這是什麼地方？」青鳥很誠懇地詢問，他還以爲是關押重要人物的地方……可能之前是聯盟軍辦公室或是宿舍？

美莉雅打從心底想用力掐死眼前的渾蛋、就像捏死臭蟲一樣用力，不過她知道沙維斯的程度，那是連噬都會相當謹愼小心的敵人，於是沒再輕易靠近出手。「要是被發現，你們就眞的全部死定了，快走。」

「你們認識？」庫兒可聽到這邊，實在忍不住地開口發問。

「見過幾次。」青鳥點點頭。

「誰認識！」美莉雅怒罵回去。

「對了，妳知道兔俠的人被關在哪裡嗎？」既然被發現了，青鳥乾脆詢問對方。

實在很想怒吼「爲什麼要告訴你們這些兔輩」，不過美莉雅還是壓抑下來，不想在這種地方引起其他人的注意，「你們果然是爲那個野獸能力者來的，但我沒有義務告訴你們這些敵人，趁沒被發現，快離開這裡。」

「這裡究竟是什麼地方？」庫兒可看女孩子還順手關上房門，好像沒有要害他們的樣子。

「妳再開口我就割爛妳的嘴。」美莉雅怒氣沖沖地瞪了眼不知道哪來的陌生死小孩，轉回視線，「要是還不走，我就通報嘍！」

「那就開打了。」青鳥也是千百個不願意。

「……」美莉雅覺得剛剛還想放他們一條生路眞是自己的錯，「那個野獸能力者你們最好不要管了，沒必要爲一個人讓一群人去死吧。」

「不行，黑梭很重要。」說著，青鳥遲疑了半秒，他似乎沒有把其他人拉下水的權利，「那妳帶我去找，其他人……」

「不，要去就一起。」沙維斯打斷青鳥的話，然後瞇起眼，「這房子裡所有的能力者，都不是高階以下。」

能隱藏成如此的，估計都是高階以上的能力者。

「該說不愧是沙維斯嗎？」

那瞬間，所有人極度緊繃起來。

「噬……」

美莉雅縮了縮脖子，看向突然出現在房內的男人。

噬環著手，露出冰冷的微笑，一一掃視小房間裡的入侵者們，包括美莉雅在內，最後才略帶興味地說道：「我讓雷利管控房內所有黑影，果然等到能打發時間的東西。」

雖然想再開口講點什麼，但在兄長寒冷的視線下，美莉雅也只能瞥了青鳥一眼，閉上嘴巴退到一邊。

「你們連這裡是什麼地方都不知道嗎……不錯。」噬將目光放在沙維斯身上，打量著先前就見過的前任聯盟軍，「我對雷能力者滿有興趣的，來玩玩吧。」

「你們快點去找人。」擋住要向前牽制的曼賽羅恩，沙維斯緩緩抽出手上的刀，邁出一步，「去。」

看了看沙維斯，曼賽羅恩收起槍，立刻與藤帶著小孩們離開房間，完全沒受到噬的阻擋，那名強盜竟然真的就這樣讓他們出去。

不過這也不是什麼好消息，根據對方剛才所說，既然有影鬼在這房子內，那麼他們所有行蹤都是暴露的，這個救援的計畫根本無法繼續。

「你們先走，我速度快，可以甩掉敵人。」都來到這裡了，青鳥還是想找到點可能性，希望多少可以探到黑梭的下落。

曼賽羅恩正想開口，方才他們所在的小房間像是受到什麼強烈的震撼，發出猛烈巨響，連著房門的牆壁爆炸開來，立即引起警報與莉絲毒氣，整棟建築物瞬間起了騷動，大批人員往這裡趕來。

「白痴啊！還不快躲起來！」

氣急敗壞的美莉雅不知從哪冒出來，用力朝青鳥踹了下，指著旁邊廊梯下的小雜物間，將所有人都趕進去。

「……尤森指揮官還說妳是淑女，見鬼的淑女。」青鳥摀著被踹痛的屁股，直接抱怨。

「閉嘴！通通給我閉嘴！不要牽連到我！」美莉雅往青鳥腹部毆了一拳，從外面用力關上雜物間的門。

一群人擠在極度狹小的空間幾乎黏貼成一團，藤勉強散出植物藏匿霧後，便聽見許多腳步聲經過外頭，不約而同地停下來。

「美莉雅小姐……」

「噬和入侵者打起來了，還不快滾過去！」

美莉雅的聲音直接壓在追兵上，對方都還沒說完話，她就帶著怒氣開口：「噬絕對會殺了你們這些沒用的垃圾，連入侵者都抓不了！」

強盜團巡衛不敢再說話，匆匆往發出更多巨響的方向跑去。

半晌，美莉雅才打開雜物間的門，揮開裡面奇怪的薄薄怪飄浮物，「快走，你們絕對驚動各團團長了，今天首領召來各團團長開會！你們眞的挑了個找死的好時段！」他們也是受到召集才會出現在這裡，噬八成還是開會開到一半偷溜出來。

「這裡是強盜首領住的地方？」青鳥訝異了，看起來不像啊！他還以爲那個強盜團首領會掃光所有金銀財寶，然後睡在錢堆裡！影片裡很多壞人都這樣的！

「你現在才知道嗎！」美莉雅往白痴的脖子上掐。

青鳥差點眞的被掐得舌頭吐出來，掙扎著揮開少女的手，「妳之前沒說啊！」

「我之前——」美莉雅眞的抓狂了，「我之前跟你說個屁啊！我們是敵人！敵人耶！」

「啊，對吼。」他們好像是那種見面就揮刀要砍死對方的敵人。

就在美莉雅決定要拔刀插人時，不遠處再度傳來爆裂聲，不過是朝他們的反方向移動，看來是沙維斯刻意拉遠距離爭取時間。正把手按在刀柄上，她突然聽見能源槍開啓的聲音，接著槍口抵在她腦後。

「那請妳這位敵人帶我們去黑梭的所在地。」曼賽羅恩冷冷看著強盜少女，她不可能像青鳥一樣對強盜留情。應該說，打從進來，她就覺得青鳥與無惡不作的朱火強盜混得如此熟，是件很奇怪的事。「否則，我就在妳的頭上開洞。」

「……」美莉雅惡狠狠地瞪著曼賽羅恩，硬脾氣地一動也不動。

「我身邊這位綠能力者，有必要時也會動手，妳可能會無意識地做出很多違反自己意願的事情，這樣也好嗎？」曼賽羅恩繼續說著威脅的話，稍微讓開位置，讓藤配合地走了上來，展示手掌上的飄浮植物，「我們沒什麼時間了，最後問一句，是否要帶我們到黑梭所在處？」

「……可惡。」美莉雅握緊拳頭，然後用力瞪向青鳥。

「不要又看過——」

「只能他跟我去，其他人得在附近停下來。」美莉雅打斷青鳥的話，認眞說道：「他速度夠快，其他人都不能去。」

看來女孩應該不是刻意要分開他們，而是基於什麼原因才提出這個條件。曼賽羅恩與藤交換視線後便點頭，「走吧。」

「雷利，對不起，我帶他們過去喔。」美莉雅看著地上的影子，低聲開口。

接著，在所有人面前，少女陰影中飛出一隻黑色的小雀鳥，機伶地停到女孩肩上，發出低沉的聲音：「無所謂，噬已經預料到發展，我會幫妳抹掉入侵記錄。」

青鳥看著冒出來的影鬼，知道這隻應該就是神殿底下的那隻，他們之前也衝突過幾次，「你神殿下面的收回來了嗎？」

其實他比較想問那個大肌肉怎樣了，那個大肌肉八成是他這輩子最不想再看到的肌肉，如果可以，請不要再出現吧！

小雀鳥懶洋洋地往青鳥瞥了眼，像是看穿對方想法，帶著嘲笑語氣回道：「克諾也是頂端能力者，那種衝擊還要不了他的命，別期待了，他會完全恢復，而且非常快。」

青鳥嘖了聲，雖然不希望兔俠殺人，但沒讓對方來個半殘也是有點可惜。

接著一行人在美莉雅的帶領下，走進密道；藤使用了特殊植物遮蔽各種力量與氣息後，順利地避開外面大量探查的人。

一直到傳來不同空氣味道、似乎快到出口時，美莉雅停下腳步，「其他人到這裡爲止。」

幾個人停了下來，知道這就是少女剛剛所說的條件。藤向前走了幾步，拿出幾團綠色的東西放到青鳥手上，小心翼翼地讓對方收起那些物體。「有危險就使用，我們會立刻到。」

「哼……立刻也救不了他。」美莉雅帶著不屑的冷眼，繼續往前走。

約莫再走一段，轉過一個小彎後，青鳥來到密道盡頭。

那邊有扇小小的門，樸素無任何裝飾，就像很普通的雜物間小門。

「這條是原本星區總長使用的密道，噬發現時沒告訴首領，只有我們幾個人知道，就看你今天的運氣了。」美莉雅手按上小門，在影鬼點頭後，輕輕解開上頭的控制鎖。

瞬間，一股濃烈的血腥氣味隨著空氣緩緩飄來。

□

「我在這邊等你。」

美莉雅伸手推了推青鳥，「我覺得你會放棄的。」

青鳥看了少女一眼，本來很想回她「那是不可能的事」，但過於濃郁的血味幾乎與空氣一起沾黏在他皮膚上，讓他雞皮疙瘩不斷冒出，於是他什麼也沒講，吞吞口水，硬著頭皮，不發出任何聲響地踏進了偌大空間。

密道的門打開時，他已先看見他們是位於類似衣櫃的地方，有些幽暗但空間極大，四周全是各式各樣、滿滿的衣物，微光從幾個線條狀的縫口透了進來，血味也是從那邊飄進的；衣櫃裡的除臭系統似乎沒有開啟，致使味道纏繞不散。

「現在房內沒人，雷利暫時關掉監控系統，還不快去！」美莉雅直接朝還在磨蹭的傢伙屁股踹下去，「你想害死我們嗎！」

青鳥捂著屁股，連忙推開衣櫃門。就如美莉雅所說，外面靜悄悄的，更衣間的小燈亮著，門扇半掩，從門縫看出去是個極寬廣的房間，天花板一直延伸出去，眼前有道大屏風擋住。

繞過屏風，看見的是大得不像樣的睡房，大概有以前教室那麼大的空間裡，只擺了張床，床邊散了一些怪形怪狀、暫時分辨不出用處的物體，發黑骯髒的衣物四處丟棄；從那些東西傳出詭異的臭味。

走到睡房另一端，輕推通往外廳的門時，青鳥明顯感到門外好像有什麼擋著，不過稍微用力就能推開，接著他看到一條染血的手臂從門邊掉下。

「……！」青鳥震驚了幾秒，瞬間以為那就是他要找的人，鎮定後才發現那條手臂是女性所有，比起男人纖細很多；他用力鑽出去後，果然看見穿著破碎聯盟軍制服的年輕女性倒在門前，估計原本應該是靠坐著的姿勢，被他給推倒了。

青鳥探測了下，女性已失去氣息，身上全是不堪入目、被凌虐的嚴重傷痕，幾乎可以想像她在早些時候很可能遭遇極為嚴酷的拷問，最後沒熬過去。

抬起頭，房外客廳地上還有幾灘未乾的黑紅色痕跡，另一端牆壁邊也倒著一名聯盟軍男性，被折磨得完全看不出人形。這些似乎都是今天才發生，殘留著沒被清理乾淨。

「黑梭……？」青鳥努力想要找出友人，看了半晌，卻沒發現蹤影，只好小心翼翼地發出聲音。

並沒有任何回應他的聲響，倒是外頭又傳來幾個巨大的爆裂聲。沙維斯他們已經拉出一段距離，現在離這邊滿遠的；雷聲顫動的聲響同時出現，很可能隨時降下落雷席捲包圍前往支援的強盜團。

「……密室……後面……」

斷斷續續傳來的虛弱聲音讓青鳥嚇得跳起，回過頭，才發現那名男性聯盟軍居然還活著。他沒靠近仔細檢查，見到女聯盟軍已死，直覺以爲另外一個也死了便直接忽略。

青鳥連忙跑去想幫對方緊急醫治，但看著滿是傷痕的身軀，卻不知道該如何下手。

聯盟軍用盡力氣地搖搖頭，稍微睜開了黑腫的右眼，「別浪費……我快死了……處刑者關在右側……密室裡……」

順著對方的視線看去，青鳥看見牆壁上好像有個什麼系統儀器。

「……務必保護……尤森……指揮官……」

說完最後的話，聯盟軍就再也沒有開口，失去氣息。

看著對方，青鳥只能在心中幫他唸一段禱詞，然後掃描了對方的身分，是一名叫作蕭爾的中央部隊小隊長，隸屬高級幹部指揮的隊伍。看來那名聯盟軍幹部的下場可能也不樂觀。

原本想找些什麼蓋住兩名聯盟軍的遺體，但考慮到會被發現，青鳥只好牙一咬，直接往牆壁邊走去。如他所料，密室是鎖死的，不過在他使用了琥珀給的萬能解碼程式後，密室的鎖也乖乖解開。

打開前，青鳥已做好各種心理準備，接受各種慘不忍睹的場面，但打開後，腦袋還是空白了好一會兒。

比衣櫃還狹小許多的密室空間相當冰冷，溫度比外面的房間低很多，上頭已凝出薄薄一層冰霜，而放置在這裡的是個大型狗籠。

他們一直在找的友人就被塞在裡頭，並不是人形，是黑色的野獸型態，緊閉眼睛靜靜躺在籠子裡一動也不動，籠子底已冰結了一層厚厚的血；不過怪異的是，黑狼身上卻沒見到什麼傷痕，好像那些血不是從這個身體流出似的。

「黑棱？」青鳥小心翼翼地打開籠門，用力將有些沉重的狼給拖拖出來。他一拉，就發現對方的身體整個軟趴趴的，四肢角度很不自然，有骨頭關節斷掉的跡象，不過還有呼吸。「還好……」

青鳥抱住仍有些微起伏的冰冷身體，快速往房內跑，也幸好黑棱現在是這種型態，比原本人形輕多了，讓他可以比較方便帶走。

關上門，回到更衣室，跑進衣櫃裡，看見美莉雅還在那邊等待。

「快逃！」出手抓住黑狼的上半身往密道裡拉，緊張得全身都是冷汗的美莉雅催促地說：「我們……」

話還沒說完，房外就傳來巨響，和沙維斯兩人打鬥的爆響不同，是非常接近、就在一牆之外，某種重物直接打穿牆壁的低咆沉響。

那瞬間，美莉雅的臉整個刷白。

「快！」

黑影小雀鳥喊了聲，跳下陰影中，融化消失不見。

接著房間的警報響起，那些箝制系統的阻礙完全被解除了，顯示「有人入侵」的光色，在更衣間放出大亮。

用力將黑梭塞進美莉雅懷裡，青鳥把他們往密道一推，自己也緊急跳進去、拉上門。下一秒，更衣間外出現巨響，整個更衣間都被某種可怕的力量打碎了，密室的小門也被敲破一小角，紅色警示光照射進來。

「哪進來的老鼠呢？」

帶著殘酷的低沉冰冷聲音，從那裡傳來。

「往前跑！」

青鳥推了美莉雅一把，掏出藤給他的東西，直接朝密道門砸一顆過去。綠色小球一飛出立即快速生長，眨眼變成一大坨帶著尖銳鋸齒般的黑綠色荊棘植物攀長在密道上，接著層層生長，努力堵住後方空間。

青鳥抓住這空檔，快速追上美莉雅，一轉彎就遇見同時趕來的曼賽羅恩三人。看了眼少女手上的黑狼，曼賽羅恩沒開口詢問，幾個人正要調頭逃離時，腳邊的陰影突然傳來尖銳的聲音——

「躲開！」

眾人還沒避開，密道的牆就像是吃了什麼沉重的力道，直接爆了，大片壁面建材粉碎爆散，毫不留情地大片大片壓住密道內所有人。

不過雖然牆壁被破夠驚人，但建材的重量實際上沒有想像中重，聯盟軍本部用的是高科技建料，比起原始厚重的建材輕盈很多；青鳥僅瞬間被輕輕壓了一下，立刻就反應過來，從倒下的牆壁翻出。

然後，他看見站在密道外的男人。

那是種讓人極不舒服的噁心壓迫感，長得非常高大強壯的中年男人，體型幾乎與克諾有得比，臉上蓄滿了濃密的黑紅色鬍子，身上穿著昂貴布料製成的華麗衣飾，反倒讓他看起來有些滑稽，且加深了那種不舒服的感覺。

「兔俠的老鼠嗎？」男人發出剛才聽見的那種沉聲，開口時散出一股血腥味，「很好，我看看有幾隻，不然只玩那隻野狗還是單調點了。」

一旁牆壁也被推開，擋在曼賽羅恩上面的藤讓開身，順手拉起蜷縮在旁的庫兒可。

青鳥知道剛才爆開時美莉雅就在旁邊，但是她並沒有起身，可能是害怕被這個人發現……這樣也好，黑梭還在她手上，或許能暫且躲躲。

「你就是朱火的首領？」曼賽羅恩瞇起眼睛，感受到頂端能力者特有的壓迫力。她評估雙方的差距，盤算著至少要讓所有小孩都能逃出去。

不過，眼前的強盜團首領看起來相當殘虐，絲毫不像哈爾格給人的印象——曼賽羅恩也聽過朱火就是哈爾格的傳聞；可能是上一任首領相像，才會有這種傳言。

「等妳爽夠的時候就知道了。」男人露出下流的冷笑，帶著玩樂的目光看著所有入侵者，還在庫兒可和青鳥身上多停留一會兒，「瑞比特嗎？整個朱火的人應該都很有興趣玩玩妳們，等到妳們變得比糞便還骯髒時，可能就會後悔來招惹朱火。」

與藤交換一眼，曼賽羅恩點點頭，抽出能源槍，「等你死了，再去找阿克雷懺悔你的全身罪孽。」

「哈！」

曼賽羅恩正要扣下扳機，突然感覺到詭異的力道從身側襲來，還沒反射閃避，後方同時爆出相同力量撞擊她的背脊。劇痛與血液瞬間炸出，旁側的藤正要接住她時，也被掃到旁邊，狠狠撞在牆壁上。

而青鳥這邊及時爆出了土牆才擋下看不見的攻擊，但來不及防備的庫兒可吃了一記力量倒在地板，折斷的右腿被撕裂開來，露出內裡的骨頭與血肉。

幾乎所有人瞬間倒下，青鳥甚至沒能發動自己的最高速，被庫兒可救了才回過神。

「喂，別太沒用啊，那隻野狗還比你們耐打。」強盜團首領緩緩將冷酷目光轉向青鳥，「那麼，幫老鼠帶路的人呢？」

「……我們是自己來的。」青鳥感到有些微微發顫，用力握緊拳頭，死瞪著對方。

「等妳的手腳都被扭斷，我就知道後面還有誰了。」

強盜團首領朝青鳥伸出手。

「別欺負小孩子嘛。」

火焰高溫襲來，強盜團首領瞬間向後跳開。

青鳥瞪大眼，看見應該要在船上的波塞特竟然從一旁的窗戶跳下來。

「火系的老鼠嗎？」強盜盯著燒出莉絲的火焰，勾起有趣的冷笑，「來了個雷系，又來個火系，加入我們就饒你們不死。」

波塞特抓抓頭，有點困擾，「這難啊，我對悍力能力者很反感。」

強盜看著青年，咧開嘴，吐出了讓入侵者意外的話語：「……波塞特和海特爾兩兄弟，你們只有這個活命機會。」

聽見對方的話，波塞特斂去所有笑意。

站在後方的青鳥瞬間感覺到從友人身上傳來極強烈的殺意，那種他從來沒體會過的恐怖感覺填滿了空氣，帶著炙熱的憎恨殺戮，形成扼住喉嚨的壓迫感，讓人難以呼吸。

「帶著其他人先走一步，別浪費時間。」

背對青鳥的青年發出毫無感情的話語，金紅色如帷幕般的火焰從空氣中捲燒而出，將他們隔離開來，也遮去了強盜的視線。

青鳥連忙扶起庫兒可，後頭的美莉雅帶著恐懼的表情推開建材，抱著黑狼；另一端的藤和曼賽羅恩也重新站起，在莉絲擴散到他們這邊之前，也只能按照手腕儀器傳來的引導，拋下波塞特撤退。

接著，莉絲毒霧逐漸擴大，腐蝕建築物。

□

「原來如此，實驗室操控也有你們一份嗎。」

波塞特站在火海裡，熊熊烈焰不斷燒出莉絲，他就這樣看著後退幾步的強盜首領，「我也不想問了，我的目標是見一個殺一個，頂端悍力吃得住頂端炎獄的能力嗎？」

他只要燃燒一切，把所有的恨意都化爲這些人的煉獄就夠了。

「你們以爲逃得掉嗎？你們註定永遠都是我們的所有物。」強盜震出了力勁排開周圍的火焰與毒霧，他勾起得意陰狠的笑容，「殺了那個自認爲保護者的女人之後，你覺得能藏匿你們的芙西也會陪葬，看你們打算要死多少人才會回來。」

「先聲明，最好不要小看芙西。」波塞特抬起手，在四周建築物完全被焚融後繼續提高溫度，冷眼看著強盜倉促地從毀滅的地板上跳開，「還有，我並不想死人，我想殺光的是你們這些連垃圾都稱不上的廢物。」

烈火大範圍燒捲而出，波塞特看見地上翻出黑影，急速覆蓋上強盜團首領，在整座建築物被火海與莉絲吞噬的前一秒，影鬼已經救走了首領，避開至極遠的距離。

沙維斯那端的打鬥聲已停，看見焚天的火海煉獄與幾乎快遮蔽天空的莉絲濃霧，整個聯盟軍中央總部亂成一片，還有人試圖從遠方狙擊突然冒出來的炎獄能力者，但在攻擊到達之前，已經被外圍的火焰給焚燃殆盡。

波塞特微微看著天空，張開了更大的燃燒範圍，「都去死吧。」

他的恨意並不只如此，即使燒光整個第七星區、燃盡世界依舊無法排解，必須要親眼看著那些相關的人一個個被燒得連灰燼都不剩，才能歇止。

從怪物的黑色空間睜開眼睛開始、從自己還不了解世界的殘酷開始，這些成人剝奪他們的自由，爲了自己的慾望、權力和利益，任意糟蹋任何一條小生命，那累積下來的痛，是永遠都不可能會被撫平及消失的。

「小波，冷靜下來。」

被燒破防禦的手腕儀器內傳來淡淡的聲音，「不要在那種地方動手。」

「強盜窟有什麼好擔心的。」波塞特冷哼了聲。

「那裡面不全然都是強盜，停手吧。」

海特爾說的沒錯，波塞特無法反駁，只好抬起手收回外放的力量。原本熊熊燃燒著的聯盟軍總部，這瞬間火焰消失了，只剩下一整片空蕩蕩的焦黑空地與數棟焚燬扭曲的建築物。

燒出的莉絲毒霧被啓動的防具系統稀釋不少，但還是有一定的濃度。

打開完好的隨身儀器放出保護，波塞特順便看了下青鳥等人的行蹤，包括沙維斯在內，幾個人似乎都安全撤離了。整個強盜團與聯盟軍被火海吸引到這一帶來，所以讓他們的撤退行動意外地相當順利。

火焰消失後，原本被壓制的那些包圍者開始有了動靜，波塞特計算了下路線，就要往剛才潛入的地方撤離……雖然是這樣想著，不過在發現有股力量朝自己急速衝來時，他再度揮出流火。

其實這時候波塞特還未確定攻來的是聯盟軍或是強盜團，總之就是想把對方嚇退，然後爭取時間離開，所以雖沒有下殺招，但也足以傷人。

只是那團影子急速接近時，火焰卻在對方面前整片散去，就像對方驅使了什麼力量般快速抵銷了攻擊。

「哼！」決定一次給對方死，波塞特再度揮出火焰，來襲的人反倒出聲了。

「請住手，我不是敵人。」

高壯的來人拉下材質特異的斗篷兜帽，露出一張陌生黝黑的粗獷面孔，「只是想確定，你是否芙西上面那名『炎獄』？」

「……我才不想和強盜打交道。」波塞特退開兩步，警戒著眼前的中年人。

「你誤會了，我既不是強盜團也不是聯盟軍，和這裡所有一切都沒有關係。」中年人抬起雙手，表示自己並沒有任何惡意。

「那就沒什麼好說的，請別擋路。」波塞特直接轉身離開，但才走了兩步，陌生人再度出現在他面前，攔住路。

「我們團長想請你走一趟。」說著，中年人稍微拉開斗篷，讓波塞特看見底下的徽印。

看見那個傭兵團印記，波塞特就有種煩上加煩的厭惡感，剛剛沒有殺掉那個強盜頭子他已經夠嘔了，現在還被拖在這種骯髒地方。「你們烏爾傭兵團吃飽撐著沒事做嗎？不過砸了半個據點而已有什麼好追的！竟然還找到這種地方來！」

「果然沒錯，請你走一趟。」中年人態度轉硬，在火焰甩上來時，連忙拉起斗篷擋避烈焰。

原本該連斗篷一起燃燒的火焰，在觸碰到奇異的布料後，竟然就這樣硬生生熄滅，完全沒有造成任何傷害。

波塞特皺起眉，對方使用的斗篷顯然有避火功能，還眞的是衝著他來。不過也沒時間繼續陪烏爾的人玩了，混著強盜的聯盟軍已經包圍過來，還有人朝這邊施放攻擊性能力，穿透熱氣的風刃直接割開他的右手臂。

柏特嗎？

波塞特嘖了聲，不得不再引燃大圈烈焰隔開敵方，順便一道火壁也把烏爾的人給隔開，趁著空檔，加速逃逸。

至於那個烏爾的人最後在嚷什麼，他就沒聽見啦。

第三話▼▼▼第三人？

離開聯盟軍總部後，波塞特先簡單替自己包紮一下，剛好也暫時躲避附近吵雜的搜索。

中央區出現雷火兩系的能力者肯定會騰鬧很久，那些強盜團長必定會帶著自己的手下像是獵犬般四處鑽竄。

在某個破倉庫裡坐下，他淡淡呼了口氣，撫平那些還未藏回心裡的怨恨情緒。

等到附近追捕的部隊悉數離開，他才依照海特爾的指示繼續向前。走了段路後找到自己來時使用的動力車，花了點工夫進入山區，尋找撤退到附近等待的青鳥等人。

循著座標找到一處洞窟，外頭已經種滿講不出名字的怪異植物；傳個訊息進去，那些遮蔽通道的植物很快就散開，讓出一條路徑。

「你們沒事吧？」波塞特踏進洞便聞到一股血味，趕到總部時雖只是匆匆一瞥，不過也看見所有人幾乎都受到創傷，有的似乎還不輕。

「還沒死光啦！」

從裡頭傳出有點陌生的少女聲音，挾著沒好氣的抱怨髒話，這讓波塞特挑起眉，一路走了進去。

洞窟並不大，很快就走到底，他看見幾個人渾身是血地或躺或坐。庫兒可的腳已被接回，上面包裹很多綠色的樹葉正在進行治療；曼賽羅恩與藤身上纏繞著大量植物葉片；沙維斯可能也有受傷，坐在角落低著頭沒什麼動靜。相較之下，沒受到什麼傷的青鳥和一名少女，正依照藤的指示對癱在地上的大黑狼進行急救。

波塞特知道少女是強盜的一方，不過看樣子暫時沒威脅，「還能移動嗎？」

「需要點時間。」藤按著依舊強烈劇痛的腹部輕呼了口氣，才繼續說道：「黑梭的傷勢很嚴重，而且有毒物……」

「他被強制固定在全化體狀態嗎？」波塞特蹲到青鳥邊上，讓兩個小孩先收回手，接過藥物檢視起黑狼，「不妙啊。」

「嗯，但不能在這處理，我傾向到船上再解除。」雖然狀況很危急，不過在敵人環伺下解開會更危險，藤只能先替對方導入維持體力與生命的藥物，「他的狀況……」

「我知道，我見過。」波塞特摸著全身骨頭粉碎的黑狼，心中有底。很久以前，他在實驗室中遭遇過這些事情，爲了探測他在瀕死狀態下的能力數值，實驗人員僅僅治療部分、甚至只治療外皮傷口，就像黑狼現在這樣，外表看似完好，但裡面估計已經被悍力能力者給折磨得碎爛了……他們會使用藥劑讓目標物留一口氣無法死去，之後再治癒、再重創，不斷重複。

波塞特摸著動物的頭，知道這裡應該是完好的，因爲如果破壞腦部就眞的無法可救，即使科技再怎樣進步，複雜的頭腦還是無法百分之百治癒；所以那個強盜只會攻擊其他部位，讓黑狼可以活著，並意識清晰地感受一切。

美莉雅看了這些不要命的笨蛋們一眼。她知道會是這種結果，所以她才說最好放棄，一群人折騰成這樣，弄出來的這隻狗都不曉得活不活得了……她可是親眼看到首領怎樣對付這條狗的，即便現在立即斷氣也不奇怪，實在沒必要拿全部人的性命去賭。

如果他們沒有兩名雷火系頂端能力者，現在早就全滅了，眞是笨得不行。

「既然你們人都到了，我要回去了，眞是倒楣。」美莉雅站起身，拍拍髒污的衣服，打從心底想問自己爲什麼要被牽連進這種事，如果被首領發現，噬可就麻煩了。

「等等。」青鳥抓住美莉雅的手，連忙跟著站起，「謝謝妳，眞的謝謝妳。」不但帶他們找到黑梭，還幫他們逃脫……當時大家都受傷了，如果沒有美莉雅一起幫忙扛人快速逃離，說不定就逃不了；而且對方還陪他們到這種地方，幫忙包紮處理。

「……你有病啊。」美莉雅甩開青鳥的手，惡狠狠罵道：「白痴！」

「白痴一樣還是謝謝妳啊。」青鳥眞的覺得對方其實沒那麼壞，誠心說著：「有機會再……」

「沒機會了啦！」美莉雅用力推開青鳥，直接朝洞窟外跑。

聽著消失得超快的腳步聲，青鳥聳聳肩。

美莉雅離開半晌後，坐在角落的沙維斯睜開眼睛，「走。」

「還太勉強……」

「立刻離開。」沙維斯打斷藤的話，看著通道外，「我不信任強盜。」就算那名少女回去什麼也沒講，但她身上的儀器也有來過這裡的軌跡，他們不能在此久待。

「沙維斯說的沒錯，我們快回去吧，這裡太危險，我哥就把船停在這座山再過去的海域。」他們將船停好後，波塞特就在附近搶劫強盜們弄來的動力車，直奔中央。

「嗯，那我讓紫櫻下來。」藤按著創部，慢慢走出去呼喚飛獸。

曼賽羅恩扶起臉色慘白的庫兒可，讓青鳥支撐著還不太能活動的女孩。波塞特則直接扛起黑梭，正要走出去時，有點奇怪地發現沙維斯的動作好像不太快，而且有些不自然的停頓，「你沒事吧？」

沙維斯搖搖頭，「走。」

看樣子可能有內傷，波塞特原本想幫忙扶一把，但對方看起來執意要自己硬撐，他也只好殿後離開，以防萬一。

順利搭上紫櫻，在夜空下，完全沒人開口說話。

就這樣，飛獸快速穿過即將破曉的天際，往海域前進。

□

海特爾天亮時迎回所有人。

從聯繫中知道大家都受傷了，他和領航員已先集中船內所有醫療資源，等全部人員都回到船內後，便緊急處理那些讓他看了很難受的大小創傷。

因爲沒有能幫得上忙的力量，他就只能如同在第六星區時那般等待，這讓海特爾感到更糾結了，不管在那裡，他似乎都只能被保護在安全處……

「琥珀呢？」一回到船上，青鳥立即四下找人，決定等等不管對方擺什麼臉，他都可以不要臉地像以前一樣黏上去。

波塞特看向海特爾，後者搖搖頭，表示沒醒。

「……琥珀在休息。」波塞特不得已，只好盡量將事情輕輕帶過，「可能是調魂造成的影響，所以得睡一下，應該是沒事。」

青鳥愣了愣，總覺得好像不太對勁，但又說不出哪裡有問題，「人呢？」

「在房間裡，我怕引導時會吵到他，請領航員幫我移進房內。」海特爾指向小房間，眨眼間就看見青鳥已衝了進去。

「沒問題吧？」波塞特壓低聲音問道。

「不曉得……我也覺得怪怪的，領航員剛才一直偵測不出甦醒跡象。」海特爾其實曾試圖請領航員加快治療，但不知爲何，琥珀直到現在都沒有睜開眼睛，也沒有其他反應，領航員甚至探測不出他腦部有例如作夢之類等的運作，整個人就這樣閉著眼睛，失去所有意識。

看著青鳥躡手躡腳退出來的身影，波塞特也只能僥倖希望待會兒琥珀就會突然醒。

另一端，藤與曼賽羅恩接受了初步治療，確定能順利動作後轉而開始處理黑梭身上的問題。

「會好嗎？」庫兒可靠過去，看著領航員和其他人。

「……」因爲難以確定是否能完全治癒，藤也無法回應對方的詢問。

「檢視狀態，所預估數值——」

「先治療吧，不用預估。」波塞特打斷領航員的話，就怕領航員報出很可怕的不安全數據，讓在場人心慌。

點點頭，藤與領航員便開始著手解開黑梭身上的強制固定束縛。

才剛將第一劑藥物導入，黑狼的身上突然開始滲血。挾帶著不明毒素的大量黑血從身體各處不斷迸裂的傷口中冒出，很快地被醫療用小盒迅速吸收乾淨，但眨眼又流出來，失血速度似乎快於輸血速度，濃烈的血腥味瀰漫著船艙，逼得那些輔佐用小飛盒快速團團打轉，將室內的氣味稀釋轉換爲乾淨的空氣。

「如果可以，請幾位讓出些位置。」藤擦拭了下染血的手，將腰包打開，取出僅剩的葉片與種子，彎身放在地面。開始生長的綠色植物脫離手掌後，很快便長到小腿高度，吸收綠能力者的力量不斷展開枝葉、綻出小花，繼而結出細小果實。

幫不上忙的其他人只好聽從治療者的話，盡量讓出空間，讓那些逐漸發出清香氣味的植物有更多位置生長。

看著依舊站在角落的沙維斯，海特爾走過去，「您還好吧？」

「嗯。」沙維斯淡淡應了聲。

「你不是也受傷了嗎？還沒讓領航員治療過？」跟著靠過來的波塞特挑起眉，伸手想幫忙時被對方給擋開。

「沒什麼。」沙維斯看了眼波塞特，低聲說道：「船上藥物存量很低，不須浪費。」

被他這樣一說，兩兄弟才發現控制畫面上標示的藥劑存量的確不多了，應該是因爲使用在琥珀身上之後，又接連治療剛回來的許多傷者，或許就是如此，藤才會突然在船上培養藥用植物，來補充已經見底的幾樣藥物。

「起碼讓我們幫你……」

「進聯盟軍前我都是自己一人，該處理的都有做，不用你們擔心。」沙維斯止住海特爾的話，看向後頭走來的小女孩。

兩兄弟同時回過頭，看見庫兒可小心翼翼地靠近。

「那個……箱子不是還在之前的地方嗎，我還有點餘力，想說把箱子先弄過來，可是調魂拿到船上行嗎？」庫兒可自覺打斷了別人談事情，所以有些不太自在。

「暫時先不要。」波塞特環顧一船的傷殘人士，萬一兔俠本體弄進來又攻擊他們，可會吃不消，現在大家都沒力量去對付那玩意。

「關於調魂，琥珀先生有留言給各位。」

不知何時，庫兒可身後突然冒出領航員的分身影子，讓幾個人愣了下，數據組成的女性一邊協助藤治療，一邊分出第二道影像報告，「如果他沒醒，將調魂帶回也是安全的，他已經做好防護，在船內不會被攻擊。」

「能針對調魂做下防護？」波塞特挑起眉，他可沒聽過這種事情，偏頭看了沙維斯一眼，對方果然也有點疑惑。

「對了，當時不是說有『第三人』？說不定琥珀有安排其他調魂幫忙？」海特爾想起沙維斯兩人在地下室遇襲時的事，說道：「但這個人到底……？」

沙維斯搖搖頭，「無法查找。」他也一直在搜索第三名調魂，但奇異的是，始終找不出來，很可能對方也使用了什麼方式將「眞實」能力排除掉，讓他鎖定不到。

「搞不好是自由行者，不然七大星區裡還眞沒聽過有幾個這種的。」波塞特抓抓頭，他們芙西上也沒這種限定版的能力者，根本比雷火禁忌系還難找。

「那可以弄下來？」庫兒可歪著頭。

沙維斯思考了半晌，點點頭，他也只能信任房間裡的少年眞的已做好萬全準備，不會危害到任何一人。畢竟弄下來後，他們的潛水船才能盡快離開這裡。

「嗯，那我就去處理了。」庫兒可得到確認，打算在自己完全脫力之前，把銀箱弄到他們附近，這樣她倒下去比較不會有罪惡感。

海特爾雖然擔心女孩，但明白這些能力者們只想盡快完成事情，他就不再多說什麼，默默打點著，想待會兒幫所有人弄很多好吃的，讓他們可以好好休息一番。

思考著食譜時，一旁的青鳥突然走過來。

「我還是覺得怪怪的。」

從剛才開始，青鳥就擔心著房裡的琥珀，以及正在治療的黑梭，所以沒仔細聽身邊人們在講什麼，直到猛然聽見領航員提到琥珀的名字，才發現其他人正在討論第三名調魂的事。雖然琥珀瞞了他身世和蒼龍谷及很多事情，但調魂罕見稀少，照理是不可能馬上就可以找到叫來幫忙……應該不會吧！而且行動前也沒告訴他們，似乎有點怪。「你們確定琥珀眞的沒事嗎？」

青鳥確實看到琥珀躺在床上，領航員也只告訴他必須休息，其他什麼都沒說，但他就是有種怪異的不安。

「這個嘛……」波塞特與海特爾對看一眼，最後由波塞特開口，稍微描述剛才襲擊後的狀況。「我們也不確定，很抱歉，調魂的衝擊對琥珀弟弟造成怎樣的影響，我們完全不知道。領航員說他必須休息，好像他原本身體就很虛弱的樣子。」

「虛弱？」青鳥愣了半晌，最近他沒正眼看過琥珀，只覺得對方有點怪怪的、精神不太好……當時覺得打照面尷尬，所以沒發現異狀。

青鳥想著，突然覺得胸口有點沉重、冷冷的。

離開第六星區後，琥珀好像眞的沒講到什麼累字，青鳥看見對方時，也都是醒著、老實安分地處理「頭腦」相關事務，偶爾和庫兒可講話。

很久以前，他第一次見到琥珀，對方緊閉著唇來上學的畫面突然從記憶深處冒出。

「……不行，我先去弄醒他，醒了再繼續睡。」青鳥說不出哪裡不妥，但心慌越漸擴大，相當不對勁。他立刻往小房間走，才剛踏出幾步，領航員就出現在他面前。女性影像的臉露出極爲嚴肅的表情。在對方開口之前，青鳥立刻強硬搶白：「我不管琥珀有交代什麼，他自己說過他欠我的，就算妳阻止，我也要破門進去弄醒他！」

「……」

領航員沒發出任何聲音，消失在空氣中。

再度進入小房間，青鳥看著琥珀仍安安靜靜地閉眼躺在床鋪上，他一個箭步快速上前，輕輕搖搖對方的肩膀，卻沒得到任何反應。

青鳥加重了力道，更用力推著琥珀，「醒醒……快醒醒！」

他想起來了，四年前，保母離開家去了港區，出事的那一天他也有這種感覺。明明在家裡看影片看得正愉快，胸口卻痛了起來，稍晚才聽見港區被血洗的傳聞。

之後，保母就再沒出現過，留下他自己在第六星區。

「別開玩笑了……我還想認你當弟弟！我是想這樣回答的！不管我們有沒有血緣都一樣啊！」青鳥抓住琥珀的肩膀，推搖了好幾下，才發現自己的手在顫抖，「你就讓我不爽幾天不行嗎……明明知道那時候我跳下去就後悔啊！哪有人眞的就這樣一輩子絕交，我沒打算眞的要絕交啊！」

隨後追上來的波塞特原本想上前制止青鳥開始變得有些粗暴的行爲，但被海特爾攔住，他不解地看著兄長，後者卻搖搖頭讓他別過去。

「快醒來！」幾乎算是拽著人在喊了，青鳥還是沒有得到平常的白眼罵人反應，琥珀就躺在他的手裡，臉頰冰冷得快摸不出體溫。

這已經不是第一次了，在第四星區時也是這樣，琥珀躺在血泊裡……

「我不會再鬧你幫忙處刑者的事情了啦……」

青鳥覺得自己手足無措，在第四星區時，他還能期待那些傷口被完全治好，即使害怕，但總是知道能夠治，而調魂的影響是看不見的，那眞的能治癒嗎？

猛然從恐懼中回過神時，他放在琥珀臉頰的手掌不知道爲什麼有些黏，過了好幾秒，才意識到琥珀的唇邊流出了血。赤紅色的血染紅他的手，他嚇壞了般抽回自己的手，接著劇烈的暈眩感襲來，就像在神殿地下室、被調魂襲擊的那種感覺。

「出現第三名調魂的能力感！」

好像聽見沙維斯說出這樣的話，後頭吵鬧的聲音青鳥無法分辨是誰，他按著頭跪倒床邊，眼前一陣發黑，腦袋裡爆出好多陌生畫面。

清晰得像是自己的記憶，有些微暗的走廊，他沒看見別人，但走廊看起來像森林之王讓他們借宿的地方……他看見自己借宿的房間門，他記得那天晚上他甩門叫琥珀回去睡覺。

畫面就一直停留在這扇門前，很久很久……

時間不多了。

低低的呢喃聲不知從哪傳來，很像是嘆息，就這樣消失在幽靜的走廊中。

那扇門、所有畫面瞬間完全消失，青鳥也在同時恢復了視覺，他回到潛水船中，一邊的海特爾正在詢問自己有沒有事。

接著，是庫兒可的尖叫聲。

全部人都轉向女孩所在的方位，同時看見被放置在一旁的大白兔拍動了耳朵。

然後緩緩站起。

沙維斯快速扯開附近的庫兒可，將她與海特爾等人一起護在身後。

另一邊的曼賽羅恩立即將槍口瞄準布偶，保護後方的藤與黑梭。

潛水船陷入一片死寂。

大白兔像是要確認自己的身體，一開始並沒有出聲，只站起身、抬起手，動動腳，輕輕走了幾步，發覺沒有任何阻礙後，紅色的眼睛才轉向青鳥等人。

「……大俠嗎？」青鳥緊緊抱著琥珀，很怕這個時候又遭到什麼攻擊。

大白兔點點頭，接著低下白色的柔軟頭顱，聲音清晰，「在下對不起各位。」

「你眞的是兔俠沒錯吧？」波塞特同樣警戒著，如果兔子不對勁，他隨時可以燃燒火焰。

「是的，在下已重新連結身體，不會再有第二次攻擊，請各位放心。」大白兔抬起頭，聲音充滿了歉疚，「對於諸位遭遇的事，在下深感抱歉，願……」

「不用願了，到底發生什麼事情？」看樣子似乎眞的是兔子，波塞特拍拍沙維斯的肩膀，稍微放鬆下來。

「在下會向諸位解釋一切，待『本體』到達，各位只要看見就能明白。」說著，大白兔看向了藤的方向，曼賽羅恩仍舉槍對著他，並沒有像其他人般放心，「黑梭……」

「還在搶救，我不確定你是否安全，請先別過來影響我們。」曼賽羅恩開口說道：「你明白的，我是在保護黑梭。」

大白兔再度點了頭，雖然很擔心，但也沒有走過去。

「大俠……琥珀到底是怎麼了！」既然大白兔莫名回歸了，青鳥再也忍不住心中的驚恐，直接朝「調魂」喊道：「他被你攻擊，到底會怎樣？」

「對不起，在下也無法處理……只能等本體到達。」大白兔帶著歉意地站在原地，爲了讓沙維斯與波塞特放心，他完全沒移動，「但第三名調魂……」

「消失了。」沙維斯冷冷開口：「剛才出現一瞬間，不過消失了。」他在捕捉到力量感時原本要立即鎖定，但「第三人」卻狡詐地一閃而逝，無法追蹤；只確定對方力量相當強悍，能避開他們。

用衣袖擦掉琥珀臉頰上的血液，青鳥緊緊摟著不敢放手，很怕他家弟弟又從哪裡流出血，然後就這樣不呼吸了。看著外面的大白兔，有種負面的感覺突然從心底冒出來……他竟然有點希望攻擊琥珀的人不要出現在這裡。即使自己多崇拜處刑者，現在居然希望對方不要站在這裡，他不想看見傷害琥珀的人在這個地方。

「『調魂』應該不用等到本體到達就能使用力量吧。」示意庫兒可加快動作，波塞特摸摸青鳥的頭，多少能體會青鳥現在的心情，「既然這樣，不能夠先減輕琥珀的狀況嗎？」

「這並不是在下能做到的。」大白兔懷著歉意看著尚未甦醒的琥珀，以及帶著敵意的青鳥，「很抱歉，眞的很抱歉，在下無法阻止事情的發生。」

很想怒吼「道歉解決不了任何事情」，但青鳥強忍了下來，不想讓自己對大白兔惡言相向。眞的罵出來，事後他一定會更加後悔，不管是對於組織瑞比特、拉著琥珀蹚渾水，或任何這段時間發生過的事。

……他是眞的崇拜兔俠，所以現在吼出來，先前所有事情就都會變成惡劣的記憶。

等到自己情緒平靜下來，再開口吧……

傷害了琥珀，他怕再傷害大白兔。

四周再次安靜下來。

曼賽羅恩並沒有放鬆對大白兔的警戒，始終盯著布偶。

庫兒可在沒有綠能力者幫助的狀況下，咬緊牙關用盡最大的力量，好不容易才從土中將銀箱一點一滴地往他們這處拉攏過來。

調魂的能力感逐漸靠近時，沙維斯突然發現其中的不對勁，然後意識到大白兔剛才話語的含意。

「你不是調魂？」其實一開始沙維斯就疑惑過，因爲在第六星區初見大白兔時，他的確有鎖定到對方有另一種能力感，當時以爲那是第三類能力者附加的，很多操作系能力者會惡作劇地在布偶上僞裝出其他力量，讓布偶模擬不同能力者的狀態襲擊敵人。

「在下從一開始就說過了。」

大白兔動了動耳朵，無機的紅色眼睛折射著船艙內的光芒，也反映出沙維斯等人的影子。

「在下，是體技能力者。」

第四話▼▼▼本體

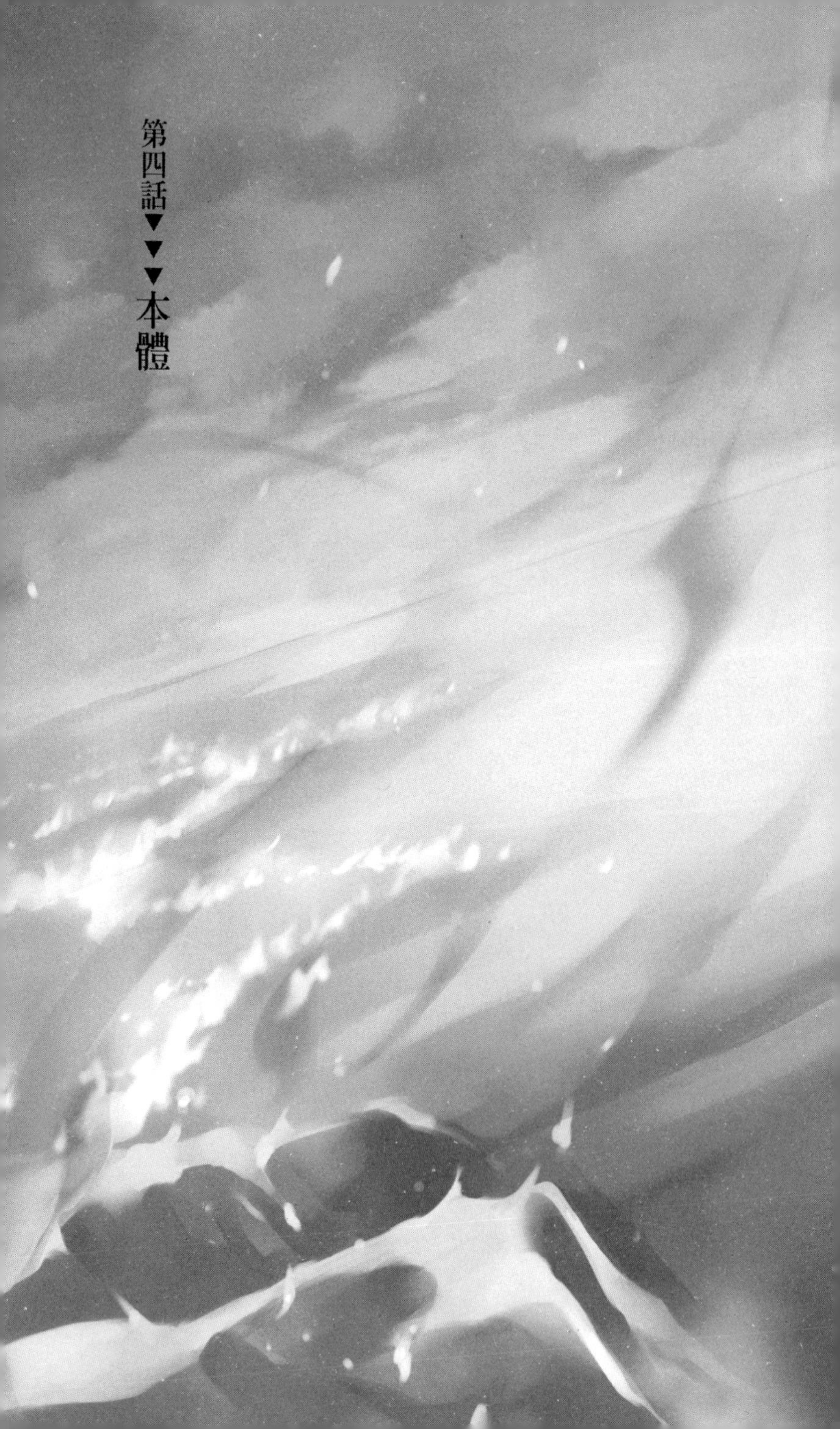

她哼著歌，看著漫天的星子。

燦爛的光相當美麗，偷偷溜出去時，他們會一起在山坡上看著星星，然後「他」會笨拙地說著那些古老的母星故事，即使他們都知道新世界和母星不一樣，那些故事在這裡也不具太多意義，但卻仍然很有趣，她也很喜歡聽。

她更喜歡看「他」努力想告訴自己很多事情的樣子。

偶爾，她會輕輕哼著童謠，「他」會很開心，抱著她，兩個人就這樣直到其他人將他們帶回去，然後分開。

那天其實也是如此，她坐在房裡哼著歌，抱著最喜歡的禮物，微微踢著腳，翻閱膝蓋上的繪本。

如果只有他們兩個就好了，永遠在一起，不用被限制見面時間。她像平常一樣這樣思考著，勾起微笑，想要排除掉別人。

她討厭的人。

她想要兩個人在一起能玩多久就多久，握著大大的手，和「他」去做很多事，可以唱著歌，在無人管束的新世界快樂地奔跑，不會再被帶回去，也不會被分成兩個房間。

然後，他們的世界改變了。

被稱爲「十島」的特別發展研究室，在那一日天崩地裂。

□

「你醒了嗎？」

從黑暗中幽幽轉醒，聽見的是熟悉卻很遙遠的聲音。他很想回應，卻張不開口，伴隨而來的是身體四處傳來的劇痛，讓他本能性蜷縮身體，想躲避強盜施予的殘酷攻擊。

「……請再忍耐一下，第五劑止痛藥快生效了。」

即使使用止痛藥，身體還是劇痛，就連血液緩緩流動都帶來令人難以忍受的痛楚。

他用盡力氣張開嘴，還是什麼聲音也無法發出。

周圍似乎有人按下他的掙動，但分辨敵我的能力受到重創，壓根無法判斷這些聲音究竟是他所知道的人們，或者又是一次殘酷的把戲。

「怎麼了？」

領航員發出警戒聲響時，原本正要將銀箱移入船艙的幾個人立即回過身，都快虛脫的庫兒可也連忙睜開眼睛，奮力支撐起身體，緊張地看向綠色植物處。

「黑梭掙扎得很厲害。」按住已經恢復原本身形、不知爲何猛烈掙動的青年，藤有點吃力地讓領航員再加重止痛藥劑量，「這是……」他們已盡量處理危及生命的創傷，按照止痛藥施打劑量來判斷，傷患應該不會感到太大疼痛，但黑梭的表情好像還在忍受什麼強烈的痛苦般，扭動得很厲害。

「傷勢惡化嗎？」曼賽羅恩立即上前幫忙壓住人，好讓藤與領航員處理。

「我認爲或許是記憶。」藤不覺得止痛藥無效，領航員的掃描結果也是如此，他們確實在有限的藥物支援中先處理完最危險的傷口，也重建了內臟與其他器官，抑制大出血，雖然才完成初步搶救，但狀態已經比剛救出時好很多。「我們不知道他在強盜團手上遇到什麼事情，但很可能是重複記憶的創傷，不是傷勢問題。」

「你們恢復他的嗅覺了嗎？」站在原地的大白兔發出聲音。

「不，我們是以……」

「先恢復他的嗅覺。」大白兔抬起白色手掌，認真說道：「請相信在下。」

「藥夠嗎？」曼賽羅恩皺起眉。被按住的青年還在掙扎，她不敢再加重力道，擔心傷害對方。

藤思考了下，「嗯。」

「我知道你要挪用治療你的藥劑，將我的一起用上。」曼賽羅恩與藤其實也尚未恢復，他們上船後都只先處理自身傷勢到不阻礙行動的狀態。受到悍力能力襲擊，他們身體各處皆殘留疼痛內傷，而現在綠色植物也快用罄，藤可能還超用了能力，不知道能支撐多久……「做吧。」

藤點了頭，便依照大白兔的指示，再度處理起黑梭的傷勢。

也不知是否就如大白兔所說，開始修復嗅覺後，黑梭果然慢慢安靜了下來。

這段時間內，其餘人取得了大鋇箱，聯手搬進船艙內。

因爲從地底移運過來已花上不少時間，又挪動潛水船去接應，所有事情完成後也都過了中午，主要出力的地系能力者庫兒可，脫力到整個人趴在地上動彈不得，把箱子搬進來的工作幾乎是沙維斯和波塞特兩兄弟合力處理。

看了眼沙維斯，海特爾注意到對方似乎隱約有些吃不消，動作變得比早先更慢，緊閉著唇也不出聲，只默默一起把箱子安置好，退到一旁。

「這樣可以解除琥珀身上的攻擊了嗎？」確定箱子已擺好，在一旁協助的青鳥立刻轉向大白兔。

大白兔並沒有回應青鳥的問題，無聲地走到銀箱邊，白色手掌壓在一小片花紋刻印上後拉出了密碼系統，開始解除封鎖銀箱的硬鎖。

周圍幾人不敢掉以輕心，全都凝神戒備著，沙維斯更仔細注意銀箱內能力者的變化。從中透出的氣息雖然細小，但已很穩定，似乎開始恢復正常，排除遭茉莉襲擊所造成的混亂，可能再過一些時間，便可回到以前能夠隱匿能力的狀態。

波塞特揪住一直好奇往前站的海特爾，把這愚蠢的傢伙往自己身後扯。明明沒有力量還站得比別人靠近眞是找死，都不知道對方哪來這麼多勇氣。

所有人凝神屏息地警戒等待著。直到大白兔完成最後一道手續，在上頭鍵入一連串古代文字後，銀色大長箱才緩緩出現縫隙，發出喀喀聲響、打破船艙內的死寂，在一行人的目光下，顯露出深藏在內的「兔俠」起源。

原本以爲外表的銀色是箱子另一層像保護罩之類的外殼，但青鳥看見那層銀色是由「褪色」轉爲透明，而不是「剝離掉落」後，有些驚訝。直到轉爲透明的長形箱子逐漸露出藏放在裡頭的「本體」後，他就和其餘同伴一樣，驚得一句話都說不出來，連先前有點憤恨怨懟的情緒，也在這剎那間忘得乾乾淨淨，腦袋一片空白。

躺在透明箱中的，並不是他們所想像的那種「兔俠」本體——不是成年男性、也不是什麼青年、剽悍的成人——

注滿某種月牙色液體的箱子內，一名女孩沉睡著。

「女……女的？」

過了很久，青鳥才從錯愕中找回自己斷斷續續的聲音，「兔俠……是……女的……？」

從認識大白兔那天起，兔子發出的聲音一直都是青年、男性的低沉嗓音，而且行爲舉止也都偏男性化，他完全沒考慮過性別問題，所以看見本體後，被嚇得不輕。

其他人顯然也一樣，連罕有表情變化的沙維斯也微微睜大眼，相當意外。

沉睡在箱內的小女孩約莫十歲上下，似乎與庫兒可差不了多少，黑色柔軟的及腰長髮，被紮成兩條辮子在水波中輕輕漂動，緊閉的眼睛與白皙稚嫩的小臉看來祥和，不像在地下室時的凶殘，反而有股純眞感。身上穿著一襲乾淨裙袍，放在胸前的雙手緊緊抱著……

如果沒看錯，青鳥覺得女孩手上抱著的好像是一顆人頭。

他比較希望是自己看錯。

但那顆東西有黑色的頭毛，雖然正面朝著少女的身體，但可以看見耳背……眞的是人頭啊！

意識到那眞的是人頭後，青鳥猛然驚覺自己好像知道了什麼。

所以大白兔說他是體技能力……

所以兔俠本體是調魂……

「你……」看著水箱邊的大白兔，青鳥結巴了幾聲，說不出口。

「這便是在下的本體。」大白兔深深看著箱中的女孩，指著頭顱，「在下在『那一日』已經死亡了，從那天開始，你們所謂的『調魂』維持著在下，已經有非常久遠的一段歲月……」

「你這樣也不算死。」

青鳥聽見聲音，猛然回頭，看見琥珀不知什麼時候醒來，手按在小房間門邊，臉色很蒼白地看著他們。

青鳥立刻拋下對兔俠本體的震驚，瞬間衝到琥珀身旁，扶住對方冰冷的身體。

「我沒事。」琥珀淡淡說了聲，不過還是將身體重量交給對方，讓青鳥支撐自己慢慢走出房間。「『調魂』無法控制死人，估計是在你還沒死之前就先用某種方式保存了你的頭腦，將所謂的『靈魂』連繫在布偶上，是這樣沒錯吧。」

「是的。」大白兔點頭，「很抱歉，在下對於她的襲擊無能爲力，讓大家受苦了。」

「沒事。」沙維斯搬動銀箱時，已感覺到是兩種力量，早就心中有底會是兩個人，所以沒有過於訝異，只是有點驚訝本體是這樣的小女孩。

「所以你們到底……？」波塞特一邊幫忙扶著琥珀讓對方可以好好坐下，一邊看著箱內的女孩，還是覺得有些不可思議。不過仔細想想，的確，會用大白兔這種溫暖可愛的形象，似乎本就是女孩子會做的事情，這樣一想，感覺也就不那麼突兀了。

大白兔嘆了口氣，在長箱邊正坐下來，「這件事，必須從戰前開始說起。」

看著大白兔的動作，幾個人互相對望幾眼，各自在附近或站或坐，就連原本快昏死的庫兒可，都勉強睜開眼睛，趴在地上往這邊投來目光。

兔俠的起源，自兩百八十多年前開始。

那時，特殊研究機構「十島」仍在，被私人購下、作爲學術機構，罕見地通過了七大星區的認同，座落於一座自治島嶼上，自給自足地進行著各種研究。

「其中包括能力者的研究、農作與當時世界上各式罕見動植物的研究，甚至保育許多此星球幾近滅絕的物種。」

大白兔這般解釋著：「在下並不明白十島背後是怎樣的人在支撐，但十島與你們幾位的『實驗室』不同。十島的設立是基於『保護』而存在，爲了將世界導正到能與自然雙方達成平衡發展的目標而進行研究，其中一個目的，就是想停止七大星區進行基因科技與繼續改造星球。」

當然，如果是這樣一個大型機構，少不了人手的，大白兔身爲護衛的父母皆是守護十島的體技能力者，某次遭遇外來襲擊時雙雙殞命。而同樣繼承力量的大白兔，便成爲十島的資產之一，雖然是很常見的能力者類型，不過研究人員們轉換了使用方向，讓幼小的能力者接觸大量母星古老影片，嘗試讓能力者往不同方向發展，也讓失去父母的幼童有理由接受十島的照顧，順利成長。

日復一日，體技能力者沉默地長大了。

除了順著如同父母的研究者們的意，繼續學習影片中的技巧，也開始擔任守衛工作，替十島擋下不少居心叵測的盜匪、外來者。

但這樣與世隔絕的研究十島，卻在某一日遭到了強烈攻擊。

那天晚上的星空異常美麗，璀璨的星河宛若能直接連結回母星般，閃爍著耀眼的光芒。

還是人形的能力者正沿著走廊準備去接受研究人員的例行檢查，中央大廳卻突然爆炸了，由外而來的強烈轟炸攻擊穿透十島的防護層，瞬間打破三層防衛能量壁面，眨眼瞬間引燃火線，爆炸帶來的震撼波將附近人們全都炸飛出去。毫無預警的狀況讓人們來不及防守，大部分都成了屍塊碎肉，警笛聲響遍夜空。

第一波襲擊稍緩後，大白兔在仍震動著的地面發動能力，擊倒不知從哪裡冒出來的數名敵人。那些入侵者彷彿平空冒出一般，十島其他人員回過神後也開始排除攻擊。只是襲擊者們似乎已摸透了十島所有部署，不僅防護起不了作用，就連護衛們都被壓制能力，一一死於原地。

他匆匆趕到研究人員的生活區，卻發現那裡也被炸毀了，平日與自己談笑的人們被覆蓋在火焰與破碎的建材下，高熱逼得他退出生活區，轉向尋找「她」。

最後，他在地下室找到了因害怕而蜷縮著的女孩，想要一起離開，但再度轟炸各處的襲擊崩毀了十島的一切，倒塌的建築物就這樣一層層捲起火焰，壓蓋上地下室。

「在下那時候發動了極端能力……就像先前所說，支撐了二十日，但是並沒有任何人來救援。」大白兔淡淡說著，將過往描繪得相當簡短平常，「這二十日中，我們使用了『調魂』能力搜索是否有活口，可是並沒有任何活人，最終嘗試將靈魂固定在無機物質上，才終於慢慢清出道路。」

琥珀支著下頷，想了想，說道：「所以你在解開能力的瞬間，身體就崩潰了？」

「即使在下不解開能力，也無法再使用身體。但沒錯，那瞬間身體崩潰了。」大白兔慢慢轉過頭，看了眼青鳥，少年曾見過小茆發動極端能力的樣子，他只希望對方能夠小心，別再讓少女步上這種後塵。「不知該說幸運或不幸，我們在清除道路時取得一些藥劑，能暫時維持軀體的機能，所以在下便保存了腦部，希望將『調魂』送至安全地方後再死去。」

聽著兔子的敘述，雖然語氣平淡，但海特爾卻只覺得毛骨悚然，下意識看了看波塞特與沙維斯，接著緊張地收回視線。

「但你活了兩百多年……『調魂』將所有的精神力都放在與你的連繫上嗎？」沙維斯瞇起眼眸，看著浸泡在維持機能的特殊液體中的小女孩，「即使是頂端能力也無法這麼精準又長時間操作，她讓自己沉睡，以全部能力控制、維持所有連繫力量對吧。」

大白兔點點頭，「她不願意放手……」

如果女孩放手，將頭顱從藥劑中取出，兔子就會在那瞬間死亡吧。

波塞特大抵了解爲什麼女孩至今仍緊緊抱住頭顱。如果換作是他，肯定也不會放開海特爾，他寧願看自家哥哥以其他方式繼續活下去——如果他有這種能力，他是絕對不會放手。

「……」青鳥聽著這些過往的事，歉疚了起來，他剛剛居然還對大白兔有所怨懟。

「話都說到這個份上了，你應該也不介意告訴我們你的眞實身分吧？」琥珀按按又有點發痛的額頭，嘖了聲。

大白兔重新站起身，拱起雙手，朝所有人一揖，「在下原名爲磬．十星，如先前所說，爲體技能力者，能複製並加以運用所見各式武術與技巧，轉化成自己的力量。」

「果然是很像大俠的……琥珀怎麼了？」好像聽見旁邊的人輕輕地「啊」了聲，青鳥轉過頭，擔心對方是不是又不舒服。

琥珀搖搖頭，讓大白兔繼續。

「這位頂端『調魂』是艾咪．萊珮利。」

大白兔頓了頓，「是在下的女兒。」

不得不說，在看見整船艙的人都露出錯愕表情地瞪大眼睛，連向來冷靜的琥珀和沙維斯也不例外時，大白兔是有點惡作劇成功心態的。

當初黑梭也是這樣被嚇到的。

「萊珮利應該是多萊斯家族的分支吧。」

一陣訝異的寂靜過後，琥珀稍微思考了下，問道。

「是的，妻子是多萊斯家族分支的後人，因當時基因科技製造出罕見『調魂』，引起搶奪，於是被族人送入十島接受保護，並同時提供研究。」大白兔點頭，繼續說著：「那時的世界因高科技與基因發展，所以很混亂，在下曾聽其他人說世界充斥各種過度的人工品，不論是動物或人類都充滿異樣風貌與能力，不斷引起衝突戰爭。如『調魂』這類特殊的能力，會被利用成為各種武器，故許多家族基於保護，將特殊能力者暗地送入十島託請保護，以至於十島常被有心人士潛入，想要找尋這批能力者。」

但畢竟是世界認可的學術機構，還未被毀滅前，那些居心叵測之輩動作倒不敢如此之大，所以直到今日，大白兔仍不太清楚十島被襲擊的理由與幕後黑手，只知道當他們好不容易逃離、想要聯繫十島在外僅存的人時，才接收到十島計畫被撤銷解除，所有在外倖存人員依照命令調回的訊息。

「至此在下沒再隱瞞其他……」

「可以請你們過來一下嗎？」已經收起槍枝的曼賽羅恩打斷大白兔的話，向幾個人比了個抱歉的手勢，「黑梭似乎醒了。」

立刻停下正在討論的話題，大白兔得到同意後才敢邁開步伐，快速跑至醫療床邊，原本站在旁側的藤讓開位置，讓非常擔心的大白兔能確認同伴狀況，然後轉向沒有移動身體的琥珀，在對方默許下替他檢視身體。

雖然也很擔心黑梭，不過青鳥更擔心琥珀的狀況，依舊留在原地，看著藤的動作。

「我沒事……船上的藥物應該沒了吧。」看著已經累到不行的綠能力者，琥珀瞄了眼邊上的存量報告。雖然出門時他有準備藥物，但沒想到重傷患會一口氣增加這麼多、還須重建大量血肉骨骼與解毒換血，幾乎將所有儲備耗盡。

藤點點頭，他們的確很需要能重塑血肉的藥物與特殊解毒劑，這邊大多人都還帶著傷，也須各種治療，「我打算先回到地面，紫櫻身上還有藥物可以使用……」

「不，我已經啓動潛水船，附近海域有荒地之風的自治小島，裡頭有商業據點，很快就能到達，能在那邊取得所需的藥物、甚至藥師，可以省掉提煉手續。」琥珀環著還有些發痛的身體，淡淡開口：「剛才發了訊息過去，他們會準備好，靠岸後立即可以得到協助。」

青鳥聽到荒地之風，握了握拳，不過很快便壓下想問的話。就像他之前想的，只要琥珀可以醒來，那些事情就算了……都算了。

「……青鳥的話，我也替你聯繫好了，荒地之風正在等你，使者會代表族長，你可以向他詢問所有你想知道的事情。」琥珀稍微翻閱了浮現在手上的文字，迅速確認目前所有狀況與輸入修正指令，讓領航員得以繼續安排事務。

「我不想問了。」青鳥低頭看著地面，咕噥著說：「還有，你幹嘛不叫我學長……」偏過視線，才發現他家學弟壓根無視他。

「我想再休息一下，可以幫我嗎？」琥珀似乎沒聽見，整理訊息完畢後，請求地看向一邊的海特爾，後者立刻迎上來扶起人。

海特爾支撐著少年，同時看見了青鳥癟著嘴委屈地又把臉低下去的表情，雖然覺得有點奇怪為什麼琥珀會好像沒注意到似地，但身邊的人身體冰冷又虛弱，他只好先按下疑惑，幫忙把人扶進小房間。

一踏進房間，不知為何那扇白門立刻關上，隔絕了外面所有聲響與視線。

「需要幫你……」海特爾話還沒說完，突然被對方推開。

琥珀摀著嘴巴，轉開頭。

海特爾敏銳地嗅到血腥氣味，快速將琥珀扳過身，看見對方從指縫蔓延到整個下巴，全都是鮮血，才驚覺少年被「調魂」衝擊的狀況根本不是如對方所說的沒事，肯定比大家所想的還要嚴重很多。

「我去叫——」海特爾正想要叫人，立即被抓住手腕，琥珀騰出另一隻乾淨的手握住他，用銳利的目光瞪著，彷彿在警告不准有第三人知道現在房內發生的事，「至少讓藤幫忙治療。」

過了幾秒，琥珀才發出模糊的聲音：「……這和『調魂』無關，別多管閒事……」

「我不明白。」海特爾看著那些鮮血，連忙翻出身上手巾，小心翼翼地替少年擦拭手與臉。

「總之，如果你把事情說出去，我就離開這裡，讓你們再也找不到人。」並不想多加解釋，琥珀冷冷看著青年，「你發誓不說。」

「……我不願意對這種事發誓。」海特爾搖頭拒絕，並皺起眉，「或許我不夠資格這樣說，但我希望你們都能平安活下去。對此，我不願意發誓，不過如果不會危及你的生命、你也別再做危險的事，我會視情況替你保守祕密。」他自己就是藏著祕密的人，也因爲這樣傷害了波塞特，所以並沒有什麼立場對別人的決定說什麼，只是他眞的希望能看見身邊的人能夠好好活著，過著自由又快樂的生活，就只有這樣而已。

琥珀盯著似乎看出點什麼端倪的青年，沉默半晌，直到臉上最後一點血跡被擦乾淨後，他才慢慢開口：「我會小心，但你也必須得保守祕密。」

「如果你好好保護自己，今天的事就只有我們知道。」海特爾摺起染滿血的手巾，輕輕扶著男孩躺回床鋪上，「成交？」

「成交。」

琥珀閉上眼睛，這次讓自己眞正地進入沉睡。

□

大白兔走到醫療床邊時，他自小看到大的青年正緩緩呼吸著，偶有不自然的痛苦停頓，包紮著大量繃帶的身體底下一片血紅，醫療床上全是斑斑血跡；那裡面混著原有的血液與後來製造的新血液，新的血根本還來不及進入體內循環，便又從傷口中流出，將白色的繃帶藥布染成相同的色澤。

他已經很久沒有感受過人類所謂的疼痛，但用了這麼重的止痛劑量，卻還無法有效地暫時消弭那些折磨，讓大白兔難以想像友人在強盜手上究竟經歷了什麼。

像是也感覺到大白兔接近，黑梭微微張開嘴，但喉嚨與眼睛皆還未治癒，只能發出喘氣般的細小聲音。

「在下沒事。」大白兔探出手掌，輕輕摸著青年的額頭，在對方耳邊說道：「艾咪也沒事，他們順利將箱子帶回來了……大家都在深海的潛水船中，現在很安全。」

可能是真的聽見他的話，黑梭再度放鬆下來，被繃帶纏繞大半的面孔也變得比較安心些。

不清楚黑梭是否知道北海叛變的事，大白兔不打算現在告知對方，只想讓友人好好休息並保持體力，這樣才能繼續接受治療。

「在下需要你一起走完『道』，現在雖然很痛苦，但請務必支撐下去。」

確認對方的確有將話聽進去後，大白兔才慢慢退開，讓藤能繼續監控並穩定黑梭的身體狀況。

「你留在這邊吧，你在黑梭好像會比較安心。」曼賽羅恩看了眼想要走回剛才位置的大白兔，出聲攔住對方。她並不是在說場面話，大白兔靠近後，可能是得到了精神上的支撐，黑梭的各種身體指數確實比剛才好了些，「希望你別讓我覺得是在冒險。」

「請放心，艾咪不會再發動攻擊了，在下活動時她因須要專注，故會沉睡無暇分心，這段時間內很安全。」先前是被其他「調魂」打斷，才使女孩中斷對布偶的連繫，猛然清醒並催動力量襲擊外來者。大白兔如此向其他人解釋著。

「也就是說你掛掉她就會醒來，而你醒著她就會沉睡？」站在一邊的波塞特大致搞懂狀況了。

「的確如此。」大白兔點點頭，「重新連繫並不容易，需要一點時間，所以在下的連繫若是被打斷，必須要有恢復緩衝的時間。」

「了解。」難怪之前大白兔偶爾會怪怪的，看來就是這個原因了。波塞特覺得自己的疑惑差不多都弄明白了。果然「調魂」是種麻煩又精細的能力，估計能做到像兔俠這樣的人也不多，真是佩服那個小女孩能堅持這麼長久的時間。

……雖然換成是他搞不好也做得到。

「海特爾不會讓你這麼做。」冷眼看著所有事情的沙維斯開口，果然得到青年的怒瞪。

「你跟我哥才認識多久，說得好像和他認識幾十年似地。」波塞特就是討厭這傢伙莫名蹦出來和海特爾處得這麼要好，他那愚蠢的哥哥竟然會擔心這個人，兩個人沒事還常常站在一起聊天，看了就有點火大。這傢伙明明就和他們沒有任何關係，幹嘛老是要黏著他哥啊！

「你和『調魂』是不同人，不用一直去想換成你能做到什麼。」沙維斯看得出來青年在知道海特爾的事情後一直有愧疚感，想要做點什麼彌補，但並不須要將別人比成自己，「你明白我的意思。」

「……」波塞特的確明白，但被對方講出來就特別不爽，「少在那邊隨便猜別人的想法，干你屁事。」

沙維斯別開頭，懶得再開口。

環著手，波塞特也懶得……

算了。

「你的傷眞的沒事吧？」他才不信什麼自己會處理那一套，在芙西上面戰鬥那麼多年，波塞特知道有些白目所謂「自己會處理」就是「什麼也不處理」，副船長就常常從角落把這些人給拖出來。總是會有一些傢伙老覺得窩在角落裡那些傷就會自己變好，不知道哪來的自信。

「內出血。」沙維斯扔了三個字過去。

波塞特暗暗罵了句髒話，看著黑梭那邊，當然了解沙維斯爲什麼不開口。不過看他還能活動和說話，可能先用雷電能力把出血點燒過了，只是也不能拖久。

「你這個人……該說救命時好歹也說一下吧。」被洗記憶不求助，受傷也自己蜷在一邊，有困難還憋著不講出來，波塞特眞的很想白眼這傢伙。

沙維斯瞟了青年一眼，「救命。」

「……馬的，你玩我是吧。」

波塞特現在眞心想揍人了。

第五話▼▼▼荒地之風

離開第七星區，急速前駛的潛水船不久後順利停靠到自治區小島邊上。

不曉得是來不及掩飾或是琥珀先下過命令說不須要掩飾，總之領航員讓潛水船升起到海面、停進小島已淨空的碼頭時，早已有一隊人帶著各種物資準備迎接他們。

艙門開啓，沒有任何人發問，大量藥物就這樣被送進來，全都是立即可以安裝到潛水船上的特別規格，讓藤能馬上使用。

站在旁側的沙維斯謹慎看著物品被傳遞送入，按在刀柄上的手並沒有因此鬆懈。

「能讓藥師也進去嗎？」一名穿著荒地之風特有服飾的金髮藍眼年輕女性，站在外面恭敬地詢問：「琥珀少爺有讓我們準備藥師，我們這邊有三位附近海域中最好的藥師。」說著，她便出示琥珀早先發出的訊息。

確定的確是琥珀的要求無誤，沙維斯便放行讓藥師通過。

得到藥師的協助，藤才離開醫療床邊，一鬆懈後整個人脫力踉蹌地往旁邊倒，守在邊上的曼賽羅恩馬上支撐住對方。

見到這種狀況，其中一名藥師趕緊告知他們也準備了能提供綠能者補充力量與元氣的植物房舍，請兩人上島歇息。

看來荒地之風確實沒有惡意，評估能相信對方後，曼賽羅恩便先帶著藤離開潛水船，外頭備用的藥師在女性的命令下隨即跟上，一起過去醫治兩人。

除了暫時不能移動的黑梭，很快地，庫兒可也被揹出去，送往附近的房舍接受治療與休息；沙維斯則是拒絕了女性的提議，繼續留在船上保護剩餘幾人的安全。

得到充足的藥物後，海特爾見沙維斯晾在那邊也不是辦法，就按照藥師的指示，先幫沙維斯療傷，弄到一半就被波塞特趕開並接手。

「青鳥少爺呢？」站在門外的女性沒看見訊息中提及的人，見沙維斯盯著自己看，才微笑開口：「失禮了，還未自我介紹，我是這座荒地之風自治貿易島的管理人——綺拉，直屬荒地之風統治者之下；若按輩分來算，說不定能排得上是青鳥少爺的親屬。」

「青鳥在裡頭照顧琥珀。」波塞特指指船艙，「……等等，爲啥說是青鳥親屬？」沒聽錯的話，對方剛剛自報是荒地之風吧？他記得青鳥是瑟列格家的，荒地之風和第四星區有牽連？

綺拉愣了一下，瞬間意識到自己說出不該說的話，「很抱歉，我可能過於高興失言了，或許我弄錯狀況，請幾位暫且別放在心上。」

對方這樣說，波塞特反而更在意了，不過他不認爲能逼問出荒地之風的話，只好先擱著。

等待青鳥幾人與醫治的空檔，陸續補充了些輔助器材進去，綺拉還讓人準備了不少精緻的吃食、替換衣物等，照顧得非常仔細。同時也告知沙維斯目前附近海域狀況——鄰近第七星區的一些小島早已被肅清了，這座荒地之風的小商島因爲有些距離，所以還未受影響，且強盜們多少會顧忌荒地之風的威名，暫時不敢正面硬碰。

畢竟由強盜操控的第七星區還未完全站穩，如果弄得荒地之風傾巢而出，並沒有好處；更甚還可能因擴大戰事引出同爲自由行者的蒼龍谷，百害無一利。

得到妥善治療與吃食，稍作休息後的沙維斯大致恢復了不少，看看時間與天色，外頭的小隊已陪站在港口邊數個小時之久，也不曉得爲何如此堅持守著，甚至派出了巡衛隊在周邊海域巡視，徹底保護潛水船安全。

「就說兩個小孩來頭不小。」波塞特也注意到那些守衛。他是曉得青鳥的身分，加上剛才女性說溜嘴……不過現在看起來，琥珀的後台估計也很硬，光是從荒地之風這麼小心的舉動就能猜到，這根本已經不是一般認識的商人小孩待遇規格。

他再也不信什麼人人都是碰巧遇到、和重要組織或家族完全無關這件事了。

這年頭與核心有最深關係的人都在唬爛沒關係啊！是有多不想承認自己就是那種重要成員啊！

兩個小孩都有背景究竟是怎樣，這世界到底發生什麼問題，隨便抓小孩玩都可以玩到什麼總長的私生子、疑似荒地之風的重要人員是何等的機率。

波塞特開始思考起源神會不會惡作劇這種無聊的事情。

就這樣等著，直到傍晚、整片平靜的海面都被染成橙金的瑰麗色澤後，一名藥師才邊擦著手邊出來回報說能夠移動傷者，詢問沙維斯等人的意見。

「雖然船上的醫療設備相當好，但我們島內已經帶來更高規格的機具，若能轉移到我們的據點是最好不過。」藥師非常誠懇地說道：「不論是否與琥珀少爺有關係，身爲藥師，我們希望能盡量完全治癒傷患。」

跟出來的大白兔看了看沙維斯，又看了看波塞特，似乎也在徵求他們的看法。

「需要多少時間？」沙維斯開口詢問。

「要精密地重建他全身的骨骼與各部組織，恐怕得花費最少兩、三日左右。」藥師頓了頓，張開雙手後出現示意影像，「除了身體創傷，我們發現他的能力也有受創，會降低原本的階級，修復能力、包括癒後的復健……會花上很久時間。」

「命呢？」

「性命目前確定無虞，那位綠能者很厲害，在我們到來前已穩定了生命狀態，棘手的是重建粉碎的身體，以及毒素。」藥師們接手後所做的都是將破碎的身體先基本上組合好，這樣移動時才不會出現更大的傷害，即使如此，也花費不少工夫。

藥師不得不感嘆，如果身處於高科技的舊世代，這麼嚴重的傷勢肯定能得到更好的處理，傷患必定可少受很多苦。

「你們去岸上，我留著。」並不打算進入荒地之風的小島，沙維斯看了眼似乎鬆口氣的大白兔，在心中稍微打點後續處理。

「如果有比較好的治療，是否能把琥珀也一起帶過去呢？」海特爾連忙詢問。對於琥珀的事他還是非常在意，既然現在對方還沒醒，那就先趁他沒醒讓藥師們檢查，這樣他也會比較安心一點。

「這是當然。」綺拉立刻點頭，「琥珀少爺與青鳥少爺是我們重要的……客人，自然已經準備好各種協助，那麼請一起轉移吧。」

□

從浪潮聲中甦醒，睜開眼睛所看見的是有些微暗的木造天花板。

接著是一片暈眩與花花彩彩的片狀幻視感，過了好幾秒才從那片迷霧般的不適緩慢地清醒過來。

「琥珀少爺。」

微微偏過頭，他看見單膝跪在床邊的女性，恭敬地低著頭，「許久不見了，接待您是我的榮幸。因爲時間匆促，沙里恩當家無法前來，託付我們盡最大的力量達成您任何需求……」

「客套話免了。」雖然身體疲憊到很不想開口，但琥珀還是有點受不了地打斷對方的大串話語，「青鳥已經知道他的身世，你們自己看著辦吧。」

「綺拉明白。」綺拉行了禮，站起身，還是有些興奮地看著少年，「能將他直接帶入荒地之風嗎？當家也很想見他。您懂的，副族長出事後，當家的就一直很想將他唯一的血脈帶回來，回歸到沙里恩家。」

「隨便啊，他想去哪裡就去哪裡，只要他有意願。」看樣子女性還想找他講話，琥珀嘆了口氣，讓對方攙扶半坐起，在腰後墊好靠枕後，他接過女性準備好的溫熱藥茶，緩緩喝下先舒緩發痛的頭部與喉嚨，才繼續說道：「算輩分，他是妳……姪子對吧。」

「是的。」綺拉愉快地笑著：「眞是可愛，我們以往只有在影像上見過，本人比畫面好看多了，裝扮成瑞比特的樣子也很好看。珠珠肯定會喜歡的……啊，那是我們的後輩，目前與其兄長們擔任情報蒐集部隊，相當出色。」

總覺得好像在哪裡聽過這個名字，不過不重要，琥珀就無視了。

正想再打聽點事情時，房外就傳來聲響，兩人相當有默契停止交談，看著被咿呀推開的木門，外面站著青鳥和庫兒可，兩人手上還捧著盤子，裝盛了不少食物。

「琥珀你醒啦，眞剛好。」腿傷已經治癒的庫兒可蹦蹦跳跳地踏進房間，將手上美味的燒肉、大餅放到一邊的矮桌上，很自然地趴到床邊，「這裡好吃的東西眞多，可惜沙維斯和海特爾沒來，你正好可以吃，剛出爐喔！」

沙維斯執意要留在潛水船上，海特爾於是一起留下，順便協助照看兔俠本體。原本波塞特不滿，吵著也要待在船裡，但被他哥趕出來，說起碼要個人來看顧他們……庫兒可是不覺得有什麼好看顧的啦，總之波塞特一臉不爽地跟著他們來到荒地之風據點了。

隨後跟上來的青鳥也將手上的端盤放到桌上，然後看著氣色好像變得比較好的琥珀，想要開口攀談突然覺得尷尬，只能扭捏地吐出：「有你喜歡吃的蝦子。」

「謝謝。」琥珀的確看見盤子上堆滿蝦子小山。新鮮的海蝦撒上佐料烘烤，傳來了陣陣香氣。

「你們先吃飯吧，晚一點我再過來。」綺拉站起身，離開房間時順手把庫兒可一起挾帶出去，還在對方抗議之前先說要請她吃好料，小女孩一秒投誠乖乖被帶走了。

木門再度被關上，房間瞬間陷入一片寂靜，青鳥又開始覺得有些尷尬。

雖然他早先有發誓不再去糾結那些事情，可是現在他也不曉得應該從何開口……先前罵琥珀又推他，當時說得有些狠了，眼下還眞的很難啓齒。

不過，伸頭是一刀、縮頭也是一刀，他乾脆先把自己剁了好像比較爽快！

「我──」正想要男子漢地豁出去時，青鳥才剛開口就被輕輕的聲音給打斷。

「之前的事我沒放在心上，你確實有生氣的資格，我不介意。」琥珀靠著枕頭，筆直地看著青鳥，「接下來沙里恩家會接手你的事情，族長是你父親的哥哥、也是荒地之風的首領，會用心地保護你，在那邊應該連瑟列格當家都能放心吧。這樣你也算是回歸本位，不用再和我有其他牽連……」

「等……等等，你在說什麼啊。」不得不抬手讓琥珀停止好像在報告什麼公事般的說話，青鳥覺得對方的態度有點奇怪，「什麼我要去荒地之風回歸本位？不用和你有牽連是什麼意思？我沒說眞的不要你啊……我要你啊。」怎麼會說得好像都幫他安排好未

來的樣子？

　　這種怪異的感覺讓青鳥隱隱不安。

　　琥珀看了青鳥半晌，並沒有回答對方的疑問，繼續說著剛剛被打斷的話題：「沙里恩家的事，他們會向你解釋清楚，也會有人告訴你關於副首領與瑚的事情……」

　　「給我停下來！」縱使一開始不打算再向對方發脾氣，但青鳥真的覺得琥珀很奇怪，而且還無視他，淨說些莫名其妙、好像要跟他切斷關係之類的話，「什麼叫以後！既然你要這樣講，那你現在就告訴我啊！不要全部推給別人，瑚阿姨是你媽媽吧？而且我們父親一樣——」搞不好他們是兄弟啊！

　　「瑚不是我的母親，我們的父親也不同，除了蘭恩與沙里恩兩家族延續數百年的血脈以外，我們並沒有任何關係。」淡淡地阻斷青鳥的低吼，琥珀搖搖頭，毫無情緒波動地開口：「我是被他們兩位登記以親子關係加以保護、依靠他們照顧而長大的，否則我自己一人很難順利活下去。」

　　青鳥哽了下，覺得自己先前的猜測奢望被打破了，內心有點遺憾，「……隨便啦，那些都沒關係，我本來就不在意啥血緣，而且我也不打算再管誰是什麼家族的事情，什麼都不要講。就跟以前一樣，我們兩個一起回到第六星區不就好了嗎？一起回去吧？」

他只想帶琥珀回去第六星區，像以前一樣過生活。

這些日子，雖然過得很刺激也做了很多如處刑者般、夢想中的事，但青鳥同時也回憶起過往在學校裡平平淡淡的生活，不用擔心任何狀況、沒有敵人，醒了就去上課，餓了就拉著琥珀去找好吃的，考試時讓對方幫忙作弊，然後想辦法逗笑他……那些時光。

青鳥邊想著，邊抬起頭，正想再說點什麼好讓琥珀可以釋懷，他突然看見琥珀勾起很淡很淡的微笑，和以往見過的都不同，不帶有任何意味，純粹乾淨得給人夢幻感，就像先前小茆朝著他笑時一樣，讓他一下子漏了呼吸。

那種笑很美，幾乎深刻地烙印進記憶裡。

只是，為什麼他們這樣笑的時候，都變得好透明，好像隨時會不見似的？

看著，青鳥就覺得很難過。

「既然你不想聽，有些事我就寫在你的儀器裡，想看的時候再自己看看吧。」再度迴避了青鳥的問句，琥珀也停下話題。

總之……荒地之風的人會幫助他的。

還是覺得琥珀很不對勁，青鳥連忙抓著對方的手臂，想說點什麼，但說不出來，過了好幾秒，他才想到一件想說的事情。

「我還要你這弟弟，你之前不是問我嗎？現在我回了，我還想當你哥，真心地想，所以你別再講那種奇怪的話，什麼不再牽連的，別再講了。」青鳥咬了咬下唇，不知道自己究竟有沒有表達清楚自己的想法，「留下來……」

他還是覺得怪異，但說不上來究竟哪裡有問題。就是覺得沒有抓緊，說不定人真的會不見，而他不想要自己的手落空。

「……你頭腦真的很簡單耶。」

琥珀嘆了口氣，有點無奈，順手按著矮子的腦袋把他推開，「才不要身高比例不符的哥哥。」

「什麼啦！會長高的好不好！等我發育期到了我就長成兩倍高給你看！」

「你發育期早過完了，無解。」

「不要說出來！」

□

「我們先前在海上掃描到的那艘船是『烏爾』所屬的私人商船。」

「果然，有夠窮追不捨。」

安置好房間後，波塞特受到荒地之風成員們的邀請參加席宴，被拉著喝過一輪後，他趁隙離開吵鬧的晚餐，獨自坐在據點屋外的欄杆邊，與潛水船裡的兄長交談：「領航員還有查到什麼嗎？」

「要續查時似乎被發現了，所以領航員暫且退回，可能得等琥珀才行，烏爾的『頭腦』也不簡單。」海特爾頓了頓，才開口詢問自己已經思考很久的另一個問題：「爲什麼你會說你砸了烏爾半個據點？你和傭兵團有牽扯？」他弟在第七星區時與傭兵團人的對話他聽得很清楚，兩人的聲音透過儀器傳遞到他這邊，只是沒找到機會詢問。

「……沒啥事。」波塞特暗罵自己當時幹嘛那麼多話，眞是氣瘋了才會說溜嘴。

「沒啥事人家追找到第七星區？」海特爾當然不相信這種說詞。

「反正和你沒關係啦，八成又是盯上『炎獄』能力的渾蛋，你管他們去死。」有點火大地說完後，波塞特發現對話那端靜了下來，像是對方閉上嘴巴暫時思考不開口；還以爲是他哥要講什麼反駁自己，結果過了一會兒，突然就聽到對方的聲音有些距離地傳來，可能是走開了，而且還傳來讓他想掐人的話——

「沙維斯你知道『烏爾』是……」

「你給我回來！誰叫你去問那傢伙的！你——」

還沒吼完，儀器突然傳來幾個聲響，接著對話被切斷了。波塞特覺得自己現在不是想掐人，而是想衝回潛水船揍人，那傢伙竟然把他的連線給切了！

重新要求通聯幾次都被拒絕，波塞特整個怒。

「發生什麼事了嗎？」

眼前一白，波塞特看見大白兔不知道從哪裡跳下來，猛地出現在他面前。

「在下聽見你的叫聲……」大白兔晃著兩根耳朵，有點疑惑地看著友人。

「沒事。」波塞特忿忿地關掉通訊，轉過頭，「你不是在黑梭那邊嗎？」

「他方才有清醒片刻，讓在下離開治療房，其他什麼也沒問，便又沉睡過去。」隱隱約約，大白兔總覺得黑梭對北海的事情可能心裡有底，或許是在朱火強盜那邊聽說了什麼吧。剛才在治療房中，友人並沒有提出任何問題，兔俠組織的事情一句都沒問，只淡淡地說了要大白兔自己小心點，他暫時無法幫忙之類的話。

盯著無法做出任何表情的布偶，波塞特瞇起眼睛。

「藥師們說黑梭的能力要恢復到先前的水平可能很難，還有……」詢問了荒地之風的人員，大白兔得到的答案，是青年除了遭到悍力能力者反覆攻擊外，還被用上許多損害身體的毒物，部分毒素藤雖然已經先清釋過，殘餘的部分依舊相當猛烈；而藥師們在島上經過更精密的檢驗後，發現了另一種更糟糕的東西，「他遭到污染，正在解析污染源。」

波塞特抓抓頭髮，咬牙，「該死。」

他在研究室時也見過實驗人員將污染物用在實驗品身上，那些實驗品的下場比先前見過的阿德薩還要可怕。原本那些垃圾也要將污染物用在他身上，試圖了解火能力是否能排除污染，但被寇奇駁回……即使他很憎恨對方，即使這些代價可能是建立在海特爾的痛苦上，不過那個怪物阻止了很多事情，依舊是不爭的事實。

如果朱火強盜團眞有參與實驗室，很可能要像小茆一樣尋找高科技才能分解污染源成分。

「在下，勢必誅盡罪惡。」

看著說出這種話的大白兔，波塞特知道對方心中肯定已經燃起熊熊怒火。同伴被殺是一回事，被當作玩物般取樂、殘忍對待又是另一回事；前者是立場與情勢的無可奈何，但後者是絕對不可原諒的。

「你們倒也不用這麼悲觀。」

淡淡的聲音從上方傳來，波塞特和大白兔同時抬起頭，才看見琥珀靠在二樓的陽台邊，低頭看著他們，旁邊還趴著青鳥，「小茆上次進八島時，趁著空檔，我下載了島上的資料庫，裡面有研究室所有污染物數據，應該能比對出污染源，我已經交給荒地之風的藥師們使用，問題只在於能不能取得相應的中和物。」

「……你們又是啥時候開始偷聽的，這種興趣太不好了吧。」波塞特低頭一看，果然看見自己的隨身儀器在運轉。以後說話應該都要把這些能連線的科技物品挖洞埋起來比較安全。

「如果不是這矮子吵著要知道黑梭的狀況，你以爲我想偷聽嗎。」琥珀冷眼回答。

「大家都很擔心黑梭啊……」青鳥也不是故意想要打擾琥珀休息，但他就是很怕黑梭一個弄不好，眞的出什麼事情，只好硬著頭皮問問。

「你們和好了啊。」看兩個小的氣氛好像又轉好，波塞特挑起眉。

「嘿～」青鳥咧開笑。

「其他的事，我下去說。」這樣一、二樓喊話不太方便，琥珀直接爬出陽台，放鬆身體往下墜去，正好被波塞特穩穩接住。

被對方嚇到的波塞特有瞬間慶幸自己反應夠快，如果讓人摔到，都不知道自己會發生什麼事！

隨後跳下來的青鳥看著波塞特小心翼翼地把他家弟弟安置在欄杆邊坐好。

「借用了荒地之風的連線得知，現在第六星區、森林之王那邊如我們所料，聯盟軍暫時撤退。」看著從外面走過來的藤與曼賽羅恩，早先已通知兩人的琥珀，在他們走近後才繼續說道：「蒼龍谷的人會協助黑森林，安全上不用擔心。芙西那邊有專人保護佩特，我已經將強盜團會針對他們的事情回傳，船長要波塞特別介意。」

雖然一度昏迷，不過船上所有動靜都有記錄下來，琥珀在休息後已將所有事態都弄清楚，也著手相應的處置。

「都說過芙西不好惹。」波塞特勾起笑。如果強盜團真的腦殘去襲擊芙西，可能會遭到他們想像不到的反撲。白船還眞不是那些高科技或飛行機具可以對付的，光是護船隊那關就很有好戲可看。

稍停了半晌，輕微的暈眩感過後，琥珀才繼續開口：「這座小島並不安全，請大家先休息，盡量恢復體力做好準備，明天一早我們進入『荒地之風』，黑梭也會同時移往那裡接受更完整的治療……第七星區很快就會有動靜了，你們須要了解一些事情。」

「例如怎樣的事？」曼賽羅恩不由得開口。到目前爲止，她對少年存有各種疑問，現在突然要他們進荒地之風，讓她感到有些猶豫。

「他們所謂——奪回掌控世界的自由。」

琥珀勾起冷冷的笑。

「類似這樣的事。」

□

重新回到了第七星區中央總部，美莉雅看見的是一大片焦土。

原本強盜團首領使用的那座建築物已經被燒得連骨架都沒了，原址只有坨灰和焦黑焦黑的不明物。空氣中還有淡淡的毒氣惡臭，正被加緊稀釋中。

炎獄的力量果然不容小覷，連號稱可防火防各種破壞、高科技時代留下的特殊建材都被燒成這樣，估計裡面那些被首領虐死的屍體也找不到個屁了吧。

附近一帶建築物也遭火焰和莉絲毒霧波及，幾棟被燒出個大洞，有些根本看起來無法住人，得挖掉重蓋。

當時前來、試圖想攻擊炎獄的強盜團大概都活生生被燒乾淨了，隨身儀器不斷列出失蹤人員名單，其中竟然還有一、兩支分隊團長的名字……啊，也有可能是更早之前被捲入噬和霸雷能力者的戰鬥裡，直接翹辮子。

「妳回來了啊。」

美莉雅轉過頭，看見附近的影子翻出一隻黑影小貓，三兩下便跳到她肩膀上。

「噬呢？」美莉雅迴避附近正在整理殘餘那些低層人員的目光，調頭離開炎獄灼燒過的焦黑遺跡。

「被首領找去，他們似乎懷疑當時是妳在協助那些小鬼。」雷利低聲說道。

美莉雅愣了下，咬住下唇。她就知道遇到那些白痴不會有什麼好事，當時自己也不知道是怎麼了，竟然幫忙他們逃走，還跑到那種偏僻的地方包紮，那種大好機會應該一人捅一刀、把屍體通通拖回來才對啊。

「放心，記錄我抹得很乾淨，他們找不出什麼，也只能懷疑。」也同時身爲「頭腦」的影鬼如此安慰著女孩，「有噬在，首領不敢對妳怎樣。」

「唔……」美莉雅知道這次的確是自己的問題，如果因爲這樣牽連到噬，她……

「別想太多。」影鬼低沉的聲音再度傳來：「噬既然放任妳去做，就代表這些事情對於我們不會有任何影響，不用愧疚，只要相信他就好。」

從以前開始，就像是她另外兩個大哥的雷利和克諾老是說著這樣的話，美莉雅也只能再點頭。

「……而且，『時間』也快到了。」

聽見這樣的低語，美莉雅偏過頭，卻看見黑色小貓的視線並不是在看自己，而是看著她不知道的某個遙遠方向，這句話似乎只是影鬼的喃喃自語。

不曉得為什麼，她總有種怪異的不安感，噬和另兩人無意告訴她強盜團以外的事情，以前還無所謂，但現在隨著星區變動與各方面的動作推進，美莉雅開始有些不安，卻不知道自己在擔心什麼，她殺人時都沒有過這種心情。

「你們兩個別在這種地方聊天，有監視。」

美莉雅猛一回頭，就看見噬站在她身後，仍是平常那種什麼都不在乎的冰冷表情。

「我有留意。」黑色影子從女孩肩膀落到地面，與更多黑影相融，再度站起時，已經變成軀體更龐大的黑色老虎，「那些竊聽系統都已經切斷，要是監視的老鼠們再更進一步，就扭斷他們的脖子。」已經連繫起整片區域的影子，雷利冷笑了聲。那些監視者估計還不知道伏貼在他們身後的陰影隨時都能要他們的小命。

「首領那邊擺平了。」噬勾起沒什麼溫度的笑，拍拍美莉雅的後腦，然後邁開步伐，「雷系讓我玩得很愉快，真想要抓回來，可惜。」

「你沒受傷吧？」快步跟上，仰頭看著男人，美莉雅問道。

噬拉開了衣襟，讓女孩看見撕裂他胸口的深長焦痕，「有趣的對手。」

「還有個『炎獄』。」影鬼補上了句。

「很快就能到手，真讓人期待。」噬舔著嘴唇，很渴望那些被他刻意放掉的對手，「看他們掙扎著嚥下最後一口氣會很有趣。」

「……你可別把自己弄死。」雷利冷眼看了下友人，還是很不放心這種貪好打鬥殺伐的性格。

「打不過，死了應該。」噬不介意被殺死，反而希望那樣子的對手能夠出現，「克諾狀況？」

「躺個兩、三天就會恢復，那怪物連被『調魂』衝擊都沒事，真見鬼。」當時雖然只有一小部分，但雷利的確也遭到襲擊，至今還有些不適，更別說首當其衝的同伴，竟然僅僅受了點小傷。

「那小不點還能用嗎？」噬指的是茉莉。

「重傷，能力減退，估計沒用處了。」被頂端調魂襲擊後加上超用能力許久，小女

孩現在就像耗盡所有能量的機械般失去了動力、奄奄一息，即使運氣好，身體沒崩潰而留下生命，可能再也用不了特殊能力，變得與尋常小孩差不多、甚至更弱。

這麼一來，首領也不能再用總長的身體，幸好第七星區的系統早就全數轉移完畢，現在換張臉也沒什麼問題。

噬思考了下，說道：「那就還給布蘭希吧，約好的。」

「……她會死嗎？」聽著兩人的對話，美莉雅不自覺地開口。

「妳不希望她死？」噬低下頭，再度看著女孩。

「沒有，干我屁事。」美莉雅立刻用力搖頭。

「那就找個藥師幫她撿條小命吧，留命再丟給那女人。」噬隨意朝身邊的影鬼吩咐，很快得到對方的回應，黑色老虎直接往地面一沉，消失蹤影。

「我沒說要救她啊……」有些慌張地拉著兄長的衣角，雖然救人很莫名其妙，但是美莉雅也說不出來要讓對方死這種話。

「無聊的事我沒興趣。」看著著急的手足，噬想了想，抓抓後頸，說道：「妳想做就做，妳不是我。」

美莉雅愣了幾秒，張了張嘴，說不出話來。

「以後妳會有很長的時間決定自己要做什麼，那天已經快到了。但現在，就先當條強盜手下的乖狗，讓首領好好地笑吧。」噬彎下身，珍惜地摸著唯一血緣家人柔軟的面頰，然後在對方耳邊輕輕說道——

「玩完，我就送他上路。」

第六話▼▼▼突襲

翌日，青鳥興沖沖推開房門，看見琥珀已經醒了，正在整理手邊的物品。

「你怎麼有行李？」他們上岸時都是空手，青鳥還真不知道對方是哪來的那些東西。那是個巴掌大的扁平小盒，以前也見過類似的放在琥珀行李箱中，有時候會用來放主機，有時候放他不知道的各種小物件。

「當然是請荒地之風幫忙弄的。」琥珀蓋上蓋子，將東西放進口袋，輕輕地拍了兩下，「走吧。」

回到碼頭邊，其餘幾人大致差不多到齊。

經過治療與一晚的舒適休息，所有人精神看起來恢復不少，就連待在船上的沙維斯氣色也比前一夜好很多。

「座標琥珀少爺知道，那麼我們就在荒地之風本島見吧。」綺拉再度送來些物資，看了青鳥一眼，帶著些許深意地露出微笑：「期待諸位的到來，接下來海域的障礙會由荒地的人協助清除，請安心。」

「對了，附近海域有看見『烏爾』傭兵團嗎？」波塞特並不覺得那些怪傢伙會死心，趁著其他人陸續進到船內整理物品，他抓著時機低聲詢問。

「的確有消息說在西海域出現烏爾的蹤影，不過他們也經常到這座小島做交易，有需要幫忙的地方嗎？」綺拉回問。

「烏爾在荒地之風的風評如何？」環著手，站在一邊的琥珀不得不開口——由他來問，荒地之風的人比較願意深入說明。

「比起聯盟軍好太多了，至少烏爾從未在交易中短欠過款項，說一不二，商務信用挺好，亦很少惹出麻煩。」綺拉思考了半晌，繼續說道：「就我所知，烏爾的首領相當嚴明，比起其他傭兵團更講究紀律，任務也從未拖延，在魯凱酒吧的評價也是正面的。不過說到傭兵，荒地之風的傭兵團比他們好太多就是，畢竟烏爾還是新興的小團，格局尚不大，但日後發展應該不錯，由商務角度來看是可安心投資的對象。」

聽著荒地之風的評價，波塞特就不明白了，這種傭兵團幹嘛老是不死心追著他跑，

「眞奇怪……」

該不會當時砸了人家據點，眞的有砸到什麼不該砸的東西吧？

「我們這邊與烏爾有點問題，如果可以，進入荒地這段期間，煩請別讓烏爾的人接近我們。」看來女性知道的也就僅限於雙方交易上，進一步的情報估計得想辦法從烏爾身上弄。琥珀想了想，便朝對方說道：「別做得太過明顯，也別讓烏爾知道我們與荒地

之風有關聯。」

「我明白，請放心。」綺拉恭敬地說完，見琥珀沒有其他事情交代，便先行離開，準備啓航事務。

琥珀正想走進潛水船，頓了下，發現波塞特還站在原地，似乎並沒有立即進船的打算，「你還擔心什麼？」

「總覺得哪裡怪怪的。」波塞特抓抓後頸，皺起眉，「那個烏爾的人在第七星區時，使用的的確是防止雷火系能力者的防具，有必要做到這種地步嗎？」他深深覺得對方眞的是衝著他來的，但爲了抓一個不知何時會遇到的「炎獄」，得隨時隨地準備得如此周到？

「……其實你騙了所有人，當初根本是和首領的情婦出軌吧？」琥珀總覺得這聽起來很像是睡了別人老婆，才會被追殺到這種地步。

「在你的心中，我究竟是怎樣的人啊？」波塞特有點眼神死地看著外表很清純、卻老是要陷害他的少年。

「小波你和別人的情婦出軌？」

震驚的聲音從波塞特後方傳來，讓他更堅信琥珀眞的在害他了。

轉過頭，果然看見一臉驚嚇的海特爾往後退兩步。

「我看起來像是這種人嗎！」竟然倒退是怎樣！

「像啊。」琥珀涼涼地丟下兩個字，接著走過去拍拍海特爾的肩膀，逕自回到潛水船上，人很好地把空間、時間都留給這對兄弟。

海特爾不敢置信地看著自家弟弟，「你……你……」

波塞特瞇起眼睛，也不打斷，就是要看他哥怎樣開口。

「你長大了……」海特爾驚嚇過後，不知道爲什麼突然覺得有點安慰。他弟弟竟然已經到了想要找對象的年紀了啊，還眞是完全忽略了這點，一直都想著弟弟還小，忘記眼前的已經是成年男人，早點結婚的話，小孩都有兩、三歲了。「不過我比較喜歡女孩呢，女孩可愛，但果然還是得先生個男孩比較好，才能保護妹妹……」

「你可以說一下你的腦袋現在想到什麼地方去了嗎？」波塞特覺得不是眼神死而是全身都死了，他有點跟不上自家哥哥的思考，突然蹦出來的女孩是啥鬼！

「我覺得最少要有兩個孩子比較有伴，多生幾個也不錯，佩特喜歡小孩，情婦應該會生吧？」海特爾很期待地看著已經出軌的弟弟，希望他快點把孩子拎回來。他們這些年攢下的存款足夠供養孩子們一路上完各種教育。

「生個毛啊！」啪地聲直接一巴掌往對方頭頂抽下去，波塞特爆出青筋，「要生你自己去生啦！都幾歲了還沒對象，該先生的是你吧！」

「你這沒禮貌的傢伙，誰教你這樣打兄長了！」

「腦殘就該打啊！」

「你才腦殘！」

「你最腦殘！」

「你——」

……

………

□

「暫且先將『艾咪』藏入潛水船中保管應該沒問題吧？」

讓領航員釋出保護空間，琥珀看著重新鎖上的銀箱，「『調魂』的能力在海下也能連繫上，如果你相信這裡的人。」

「在下絕對相信各位，就在此謝過了。」大白兔拱起手，極為感激地低下頭。在調魂攻擊事件後，其他人知道原委就沒再對襲擊多做責難，不止一字不提，反而還多方協助他們，讓他內心更加過意不去。

畢竟打從一開始，他們是可以不用蹚這些渾水，事態發展至今，牽連廣泛，大白兔自己也很訝異，他不知道今後會再變成如何，就是走一步算一步。

「小事。」琥珀擺擺手，讓對方別介意，「會幫忙你們也不是全然沒有私心，說不定很快你們就會覺得虧本呢。」

「？」大白兔不懂對方的意思。

琥珀再度揮了揮手。

確認這邊的交談告一段落後，在附近的沙維斯才緩緩開口：「那麼，你所謂我們應該了解的事情，與奪回掌控世界的自由，是什麼意思？」

昨夜的事情，他們留在船上的人事後有被告知，海特爾還特別道歉，對於要繞去其他地方、延長返回第六星區的時間，似乎讓他感到很歉疚。

沙維斯開口後，包括庫兒可在內的所有人都將視線投了過來，等待琥珀的解釋。

環顧了眼前一張張面孔，琥珀並沒有立即回應，而是輕聲問道：「你們認為人類應該擁有如神般的高科技世界嗎？就像過往那個時代，人們什麼都能做到。」

「這問題……」曼賽羅恩有點遲疑。

「不用問多餘的事，只要回答我。」琥珀打斷女性想提問的話。

看少年似乎非常認眞嚴肅，幾個人也思考了起來。

「身爲綠能者，我並不喜歡前世代，也不喜歡科技尚存的今代，如果發展無法使雙方平衡，我希望人們適可而止，別再傷害自然生命，這是我的想法。」藤很快便回覆自己心中早有的答案。

「我也覺得夠用就好，重要的是身邊的人嘛。反正那些發展再高再好，想要往上一個層次就是有錢人的玩意，我們這種普通百姓差不多就這樣囉。」波塞特聳聳肩，他在芙西上的這幾年看得也多了，並沒有什麼要重返過去的強烈希望。

科技再怎樣進步，一般老百姓也禁不起權貴的一擊嘛。

「唔……我是不覺得科技文明的發展有什麼不好，如果是能讓人們都能幸福快樂的發展，那也未嘗不可，只是……」海特爾覺得有點遺憾，就與能力者一樣，只是這些強大的發展、力量帶來的並不是全然的幸福快樂，在星區人們看不見的地方，是堆疊而出的種種痛苦。

「無所謂。」沙維斯不管是哪種世界都不太在意。

「我和波塞特一樣。」青鳥完全沒改變自己的想法，「吃好吃的東西，和喜歡的家人朋友快快樂樂生活，這樣不是就很棒嗎。」他就是難以理解為什麼一定要恢復成什麼時代，現在也很不錯啊，又不是缺了舊世代就會活不下去，人們適應得也挺好的。

聽著其他人的話，思考好半晌的大白兔才發出聲音：「在下待過前世代，明白當時的進步帶來多大的方便，也給予人類廣闊的發展與空間。那些並不是壞事，但在下想要的是一個安全的世界，能讓『艾咪』和其他孩子無憂無慮生活的世界。高科技世代的確很好，卻須以安穩基礎作為前提。若人們依舊被那些想要掌握一切、僅貪圖自己的權與財的自私控制心態，那麼不論是哪個世代，在下認為都相同。」他走的「道」，一直都是想要建立一個平安穩定的小小天地。

「什麼！為什麼你們都這麼無所謂啊？」庫兒可瞠大眼睛，很意外這些人的答案好像都差不多，「如果有高科技世界多好，不是很方便嗎，想做什麼就做什麼啊，聽說前世代超棒的，怎樣都可以，我很想看看那種世界耶。」超想超想的，每個人都過得像神一樣有什麼不好，肯定快活啊！

「前世代的確能改變很多事情，也能改善第七星區現況，我不反對恢復，我憎恨的僅是那些懷著惡意的人。」曼賽羅恩淡淡地說出想法。對她而言，自始至終都只想要剷除陰謀者。而科技進步的確可以拯救很多貧困的村莊與地區，某方面來說，確實必要。

聽著幾人的回覆，琥珀支著下頷，低頭沉默。

「不過琥珀沒有科技的話應該會很頭痛吧，畢竟是『頭腦』嘛。」庫兒可嘿嘿地咧了笑容，覺得自己有伙伴。

「對了，那琥珀自己覺得怎樣？」順著庫兒可的話，青鳥眨眨眼回問。

「不管是哪種我都厭惡……」猛地回過神，琥珀才發現自己下意識回答了問話。

「厭惡？」有點訝異對方的答案，青鳥愣了愣，「為什麼？」

推開湊過來的矮子，琥珀回道：「……我是自治區那一派。」

總覺得琥珀這次回得有點倉卒，似乎是隨便填塞個理由。青鳥抓抓臉，想想估計是自己想太多。畢竟荒地之風和蒼龍谷原本就是反對高科技與聯盟軍才形成的，和這兩邊都有關係的琥珀是反科技派也沒什麼好奇怪就是。

「德利特也說過他厭惡。」

突然發出聲音的領航員彎著固定的笑容，再度開口時音調語氣已經變成男性，如同曾經存在過的船主般說道：「違背誓言的世界沒有什麼好留存的，厚顏無恥繼續拓展的家族不覺得羞愧嗎？」

「什麼意思？」沙維斯皺起眉，「那是誰？」

「潛水船原本的主人，好像是塔利尼家族的人。」青鳥急忙講解，「這船是他的，不過已經沉很久了，之前因爲某些原因我們才重新整理出來用。」

「所謂誓言是……？」海特爾也是滿心疑惑。

總覺得似乎曾在伊卡提安那邊聽過類似的話，沙維斯狐疑地再度看向琥珀。這兩人長得相像絕對不會只是巧合，背後可能與「誓言」有什麼關係。

「換個方式說吧……你們有沒有想過，人類當初來到新世界並佔據這顆星球時，眞的不用付出任何代價嗎？」

琥珀再度提出新的問題，不過這次並沒有等所有人一一回應，便邁開步伐，逕自往操控台邊移動。

「荒地本島到了。」

□

潛水船再度浮上海面，往座標指引的隱蔽碼頭邊靠岸。

與前幾次不同，不論是搭乘芙西或是潛水船，青鳥每次靠岸時多少還能見到一些科技物品與建築，附近肯定也有公用頻道可連線。但這次到了荒地本島，迎接他們的是一望無際的原始港口，石砌的港灣與建築物形成了樸實的海邊小村莊，而且還搜不到連線訊號……

青鳥調了隨身儀器好幾次，這裡的確完全沒有任何連線可用。

「荒地之風和聯盟軍使用的現行系統完全不同，必須有特殊授權才能連結。」留意到小孩的舉動，曾經遊走不同島嶼的沙維斯淡淡開口。

「原來如此。」青鳥巴巴朝琥珀看過去。

「自己去跟荒地之風的人要，我無權給。」琥珀瞪回去。

「而且荒地之風主要聯繫方式也不是靠儀器。」跟隨芙西來過幾次的波塞特勾起笑，「跟蒼龍谷比較像。」

「咦！也有龍嗎！」青鳥立刻超期待。聽說他父親是副族長啊，這樣他就可以拗頭龍來上天下海！

「爲啥聯繫方式會想到龍啊？」波塞特按住衝過來想追問詳情的青鳥。

「沒有嗎？」庫兒可跟著失望了，她還以爲又可以看到很厲害的東西。

「或許我知道是什麼。」半啓船艙後，藤大致能感覺到所謂的「聯繫方式」。飄浮在空氣中的特殊存在似乎也很能接納綠能者……難怪荒地之風非常歡迎泰坦，甚至邀請過許多次。

「混合特殊技術的自然科技，蘭恩家開發的，只存於蒼龍谷與荒地之風。」調整儀器好接受新訊息，琥珀想了想，「泰坦那邊是使用植物特有的細微波長接續相連傳遞、拓展聯絡網，概念類似。」

因爲其餘幾人還未拿到授權，琥珀便先集中幾人的連線，讓他們也能看到自己這邊接收到的公用頻道訊息。其實公用頻道也沒什麼重要消息，不像星區有聯盟軍各種即時新聞，這裡的頻道多是商用，港區一帶就出現各式各樣商業廣告，包括將有什麼商船在哪邊進行何種販售交易，或是傭兵團酒吧現在有哪些傭兵對外公布可接任務等等的……

艙門完全打開後，來接應的居然是綺拉，不知道用了什麼方式，她移動的速度似乎與潛水船一致。

「請不用驚訝，我想接下來諸位的移動方法會與我們相同。」

看著有些詫異的客人們，綺拉朝空中吹了記響哨，從上落下的是幾隻類似某種昆蟲外型、有著硬甲鬃毛的活生生飛行生物，約是馬匹般的大小，適合一、兩人搭騎，「一直在天空那位應該也是你們的朋友吧，看來我們能夠省下準備代步工具的時間。」

既然對方都已經指名，藤也就讓一路跟隨的紫櫻降到地面。

植物飛獸落地後，引起附近一小陣騷動，似乎是植物系的飛獸較為罕見，幾名荒地之風的港區人員還拋下了守衛的工作，好奇地接近觀看，也有些人試圖想對藤提出飛獸相關問題，不過因為被命令必須先將客人帶去見首領，綺拉不得不先驅散越來越多的人，引起些許抱怨，幾個人還不死心地追著藤要交換聯繫方式。

「請別介意，荒地長久以來不斷嘗試復甦星球原本該有的各種存在，不過植物系的生物復原相當困難，看來果然還是必須用泰坦的方式才行。」再度把成員們趕回崗位，綺拉有些抱歉地朝藤微笑，「我們相當歡迎綠能者入住荒地，如果哪一天你們厭倦了星區，請直接來荒地……或是蒼龍谷。」

「謝謝。」藤點點頭，退到紫櫻身邊，然後拉起斗篷帽遮擋各處投來的注視目光。

「你們去吧。」依舊打算留守的沙維斯站在艙門邊。

「我也留著。」海特爾很認分地不想當絆腳石。

「雖然有些突兀，但是我們有位朋友留存了物品，想請沙維斯先生走一趟親自去取。」綺拉客氣地開口：「寄存的東西還是指名的本人到場拿比較好。」

「？」沙維斯有些莫名地看著女性，想不出來會有什麼朋友留東西給他。撇除那些消失的記憶，他在外一直都是隻身遊走，偶爾有伴也不會同行太長的時間。

「那我和我哥留著吧。」波塞特重新走回艙門。和他有相等力量的沙維斯跟著過去，就不需他特別隨隊保護了。反正見到荒地首領的事情其他人也會完整地告知他，似乎他這個芙西船員就不用跟著處刑者們去大湊熱鬧。

「島上正在建立幾位的認證，待會兒會有人將臨時授權交給兩位，取得後請隨時與我們聯繫。」綺拉這樣說明：「琥珀先生應該有與幾位解釋過，荒地之風主要聯繫方式並非星區慣用，必須在訪客登島後才可依照個人開始製作，無法先使用系統傳送資料，不便之處也請諸位見諒。」

再交代了些細項，荒地之風的人員才各自跳上了飛獸往天空帶路。

爲了方便交談，綺拉在其他成員羨慕的視線中搭上了紫櫻，待其他人也都就位後緩緩升空，往荒地之風首領的所在地飛去。

「我們也回船上吧。」

目送著大家離去，波塞特正要返入船艙，就看見海特爾在打瞌睡的模樣。「……你站著也可以睡著啊？你最近是不是變得很會睡？」總覺得這幾天空閒時就看見他哥在打盹，這讓他相當介意，「該不會是你身體裡那東西……」

海特爾連忙打起精神，用力搖搖頭，「沒關係，可能是這幾天作息不正常，眞的沒事。」

對方反駁得太快，讓波塞特整個皺起眉，「等等讓領航員幫你檢查一下。」否認太快通常有鬼。

「說起來，你還沒把烏爾的事情講清楚，烏爾到底是怎麼回事？」逮著獨處機會，海特爾立即瞇起眼睛，「快說！」

「沒事啦，別扯開話題！」

「你才扯開話題！」

「明明是你扯！」

……

……

然後潛水船再度關上艙門，回到了深海中。

□

「這邊的空氣好像比星區好很多。」

紫櫻竄入天空後，不曉得是不是錯覺，青鳥總覺得空氣異常清新，與黑森林很像，不過這邊還帶著海潮的氣味。

「確實，令人很舒服。」曼賽羅恩也同意這種感覺。

「我是覺得好像很好入侵的樣子。」庫兒可興致勃勃地看著下方的自治島。

飛空後，放眼望去都是缺乏水分的乾燥黃土大地，這座自治島嶼與星區相比並不算大，但也不會小得立即看見島的另外一端，依然有其規模。大致上都是由土與各式各樣的岩石峽谷構成，有小部分區域如同綠洲般長滿了綠色植物，形成一叢一叢的小型森林。如果不看那些綠色，猛一望，倒給人如同無機星球表面般的荒涼感，也難怪當時在這裡的人會將自治組織稱爲「荒地」之風。

而包圍著這座岩石島嶼的海域還有著不少漩渦暗流與埋藏在海下的危險礁石，形成了天然的防護，如果沒有航行路線，外來者很容易被那些暗流給捲入。

「妳可以入侵看看啊。」抱著有點看好戲的心態，琥珀回望了小女孩一眼。

「可以嗎？」庫兒可看著土地，的確有點心癢癢想試試能力，畢竟這麼大片肯定與她的能力很相合，說不定會弄出很好玩的東西。

「請。」綺拉微笑著回應。

既然當地人都這麼大方了，庫兒可當然毫不客氣地發動自己的能力，正想試圖合併一座深不見底的漆黑峽谷時，某種詭異的強悍力量突然將她的「地裂」之力彈回來，而且勁道之大，將發現不對勁要收回力量的女孩給彈飛出去。

一把拽住差點摔出飛獸的小孩，沙維斯隨手將人拋回。

「什麼東西啊！」庫兒可用力咳了好幾聲，摸摸疼痛的胸口，有點內傷。

「頂端『地裂』，好幾個。」老早就發現這片砂土岩石下傳來各式各樣深沉的霸悍能力，沙維斯完全分辨不出到底還有多少、從哪邊傳來的，他冷冷說了聲：「比妳強很多，別找死。」

「你們玩我啊！」看著其他人的表情，除了青鳥以外，庫兒可相當確定幾乎所有人都有發現這裡藏很多可怕的高手這件事。

琥珀聳聳肩，「我以爲光聽到『荒地之風』四個字，正常人都會知道不可以動手。」說簡單點，畢竟人家是可以抗衡星區數百年侵擾的自治區啊……

「可惡欸！」庫兒可用力跳腳，然後因爲內傷又痛得哀哀叫，只好鬱悶地接過藤遞給她的藥物，縮到邊上去治療。

「我們有控管整個荒地之風本島的能力機制，只要有無法辨識的陌生人無故發動能力，都會被執勤的護衛們壓制住。」綺拉依舊微笑地解釋著：「除了琥珀先生之外，各位還未得到授權，會被判定爲陌生訪客，請盡量不要做出危險的舉止。」

聽著女性的說法，剛做過危險舉動的庫兒可又抱怨了幾句，之後看見其他特殊地形風景後，就忘了這件事情，新鮮好玩地繼續看著以前從未見過的龐大土地。

紫櫻又飛了一陣，一直站在另一側的大白兔才走向琥珀與綺拉，「請問黑梭……」雖然他能確定黑梭會得到很好的治療，但是並未親自跟著運送移動，所以仍相當擔心。

「我們的快速飛騎無法運送治療艙，所以藥師申請了荒地之風的深海船從海下載運，到達後會轉換自地下的道路送入首領城內，速度與我們相當，待會兒您就可以見到。」綺拉相當禮貌地回應，繼續說道：「治療期間，我們保證會盡全力恢復那位朋友，亦派出許多人去尋找與污染源相應的中和物了。」

「非常感謝。」大白兔連忙低下頭，拱手真誠地道謝。

「……等等。」打停兩人的對話，琥珀稍微思考了下，「現在城裡的藥師有誰？最好的。」

「您所謂最好的是哪個領域？」綺拉有些疑惑。

「我們有一位朋友，他的心臟被改造植入絕對系統，傷損會瞬間聯繫到腦部，是顆炸彈，處理這方面的藥師現在有好的嗎？」

琥珀開口詢問後，飛獸上所有人都靜了下來，沙維斯皺起眉，直盯著女性。

「如果是這種程度，我無法擔保有哪位藥師可以動手。」綺拉搖搖頭，「連您都無法停止取出的系統，這很難……我想第六星區的泰坦應該也不會保證能無恙。究竟是怎樣珍貴的資料，才讓人不惜用這種手段使用這險惡的禁忌儀器？」

「這個，就和要向他們解釋的事情有關。」指指身後那批人，琥珀不由得在心中嘆了氣。

「我明白了。」

看著再度沉默下來的兩人，沙維斯轉開視線。

雖然多少知道海特爾的事情不好處理，但是沒想到荒地之風的人也不敢保證，這讓他原本就不怎麼好的心情似乎更差了點。

就因爲危險，所以領路的女性連「試試」這種話都不敢說。

這讓人完全無法以樂觀的角度去看待。

坐在一邊聽著對話，曼賽羅恩與藤互望了眼，心中則是有著不同的疑惑。

剛才女性的確用了「連您都無法」這樣的字眼，這就表示琥珀的能力必定比這些日子展現出來的更強大，所以藏有各種高手的荒地之風的人才會反射性說出這樣的話……但光是這段時間以來，他們見識到的「頭腦」能力已經遠超乎尋常，在這種年紀輕輕的孩子身上展現，極度反常且不合理，更別說他可能還藏有一手。

看著身邊的綠能力者，曼賽羅恩低下頭，動了動口形，讓對方今後也稍微警戒無法摸清底細的少年。

前頭的綺拉正打算繼續不動聲色，卻突然從飛獸背上站直身體，原本微笑的面孔變得相當緊張，「糟了——」

「怎麼回事？」琥珀立刻問道。

「你們被跟蹤嗎？有幾艘朱火強盜團的攻擊船衝進本島外的暗礁區，我們的巡衛在外圍打下兩部飛行器。」綺拉邊說著，邊朝空中吹了記響哨，很快便有飛行硬甲蟲往他們這邊靠近，「海下也出現不明物體，急速逼近中。」

「我確定沒有被跟蹤。」雖然曾陷入短暫昏迷，但琥珀能確定沒有被入侵任何系統，一路上也沒搜索到任何外來訊號。

「沒感覺到有能力者跟蹤。」沙維斯也搖搖頭。

「請幾位進城，我轉回去確保另外兩位安全。」指著已經出現在遠處峽谷間的聳立石城，綺拉抓住了硬甲蟲的韁繩，打算先行返回。

「等等，我也去。」沙維斯看向琥珀等人，重複了剛才聽見的話，「海下的不明物體。」

「該死，武器庫！」青鳥立刻知道對方猜測的是什麼。這些強盜怎麼會有這麼多武器庫可以用啊！

「荒地之風可以處理……」綺拉並不認為需要用到訪客的力量。

「我不信任外人，身邊的人，自己保護。」沙維斯冰冷地回視對方。雖然他至今仍無法記起與伊卡提安、吉貝娜絲毫相關的事，但很顯然當時他並不在他們身邊。即使記不起來，但抱著女性的屍骸、站在墓碑前的心痛與茫然卻是眞的。

當時他不在他們身邊，致使吉貝娜死去，他忘記他們的事情成爲聯盟軍的刀，還與伊卡提安對峙了數年之久。

……他無法相信外人能夠保護好他現在唯一的朋友。

「那我也幫忙！」根本不急著去搞清身世的青鳥蹦起來，握緊拳頭湊上一腳。

「請務必讓在下也奉上己身之力。」大白兔拱手。

「既然這樣，不如就一起回——」

巨大的爆炸聲打斷了曼賽羅恩的話。

從他們起步的方向，原本是隱密港口的位置冒起了狼煙般的開戰煙霧，在所有人措手不及的同時，繞開了濃濃莉絲毒氣。

接著，再度爆炸。

□

時間稍微往前。

波塞特兩人進入潛水船艙後，讓領航員關起了艙門，潛入琥珀設定好的安全深海內，避開可能的地面襲擊。

「所以你真不打算說明烏爾的事啊？」邊在領航員的協助下調整一些數值，海特爾一邊咕噥抱怨著：「這麼大的事情……」

「你還不是也有很大的事情沒說嗎。」將沖泡好的茶水遞給對方，波塞特抓抓後頸，嘖了聲：「那真的沒啥，說穿了我也不知道他們到底在堅持什麼，明明是很小的事。」

認真地說，直到今天他還是覺得那不算什麼大事。

當時，芙西停靠的也是荒地之風的管轄小島嶼。荒地之風在各地都有這樣的交易商島，原先並沒有這麼多，早期皆爲各自爲政的自治小島，但後來在聯盟軍或是各種外敵襲擊下，開始投靠荒地之風、或與其結盟，陸續穩定自治小島交易結構，吸引更多商人前往。

芙西本身即是商船，自然也會穿梭在各個安全島嶼停留。白船的到來受到極大歡迎，使自治小島的貨物能在星區更暢通。

他們停泊的那座島嶼叫作「落日」，附近有幾個不屬於荒地之風管制的外環小島，其中有一座爲烏爾的私人港口，亦在落日島上申請了分部據點，作爲交易、通訊使用。靠岸那日，烏爾傭兵團正在落日島上的據點與一支黑商船隊談判……雖說是談判，但事後由荒地告知，他們才知道烏爾是在牽制這艘製毒黑船，讓合作的雇傭者從另外一端清除黑船的幕後勢力，其實是好事一件。

不過當年波塞特並不曉得這些事情，剛上船不久，他只知道各支傭兵團的名號，還未正式接觸過。總之，他在島上新鮮地蹓躂時，直接撞上了正在追逐黑船通報者的烏爾成員，好死不死，黑船的通報員還是個看似柔弱的小孩，當下他以爲是什麼流氓在欺負孩子，立刻出手幫忙。

揍暈烏爾的成員後，那名通報員見有機可趁，便十足可憐地描述烏爾傭兵團因爲私下幹了許多不好的勾當，現在正勾結壞人要襲擊船隊之類的……然後他也信了，沒有先回報芙西求證，一頭熱地被通訊員騙過去談判點，通訊員還趁機逃走、通報黑船。

接著波塞特到達談判地，一開始是蒙面打算先混進去打探是什麼狀況，但黑船人員同時接到了通訊員的通報，翻桌大打出手，兩派人馬當下把他捲了進去。波塞特原先只打算脫身，但兩邊的人都認爲他是敵方，加上那名被擊昏的烏爾成員衝回來指認他，烏爾其餘成員就眞的對他下殺招，讓他整個怒，直接甩出火焰炸掉烏爾分部據點，還燒得乾乾淨淨。

從此之後烏爾就像陰魂一樣，窮追他不放。

「我覺得聽起來是你不對。」

聽完兄弟的敘述，海特爾有點同情傭兵團。

「……好歹我也賠錢了，而且芙西還派出隊伍幫忙剿滅那艘毒船善後，荒地之風也居中協調，人家雇主都不追究，不知道那支傭兵團是在發什麼瘋啊！」一說到這件事，波塞特還是很窩火，「都因爲這樣我當不成護船隊，你知道我多想當護船隊的，結果一輩子都只能縮著當船員。」

「你當船員也比較安全啊。」海特爾私心不想弟弟待在護船隊裡打打殺殺，如果永遠只能當船員，他還放心些。

波塞特面無表情地看著他哥，很想告訴他護船隊才是男人的浪漫，而且他想加入護船隊就是要揍扁壞人，並不是接受訓練後專程去當船上接待員，還是低調、躲躲藏藏的船員。

一切都要怪神經病的烏爾傭兵團，爲何神經會如此纖細，炸一下就發病！

「不過你這樣躲不是個辦法，我認爲……」正想告訴對方自己的想法時，海特爾皺起眉，按著有些疼痛的胸口，原本清晰的意識突然昏沉起來，腦袋變得鈍重。

「怎麼了？」波塞特連忙扶住差點摔倒的兄弟，放緩了動作讓對方靠著他慢慢在地面坐下，接著朝領航員喊叫：「快聯繫琥珀！」

「連線遭到襲擊切斷，海中有不明來源正試圖破解本船系統。」打開正在快速排除干擾的視窗，領航員說著：「接收到不明通訊請求，是否回應？」

緊抱著閉上眼睛昏睡過去的海特爾，波塞特一時間並沒有意識領航員所說的話，只是不知所措地按著兄長的胸口，很害怕對方的心臟會在這瞬間停止。

如果海特爾就這樣離開，一切的事也都沒意義……

「是否回應通訊請求？」再度收到聯繫的領航員重複詢問，卻同樣沒得到青年的回覆，她也只能先執行琥珀預設的流程，「拒絕通訊請求，開啓自動防護。」

數秒後，請求再度傳來。

領航員阻攔幾次後，接到了留言訊息。

「來自於朱火強盜團的訊息，是否開啓？」

波塞特猛然抬起頭，有些錯愕，「攻擊我哥的是強盜團？」

「不明來源出示身分，爲隸屬朱火強盜團的深海船，在我船正上方淺水區。」認爲對方的意思是要開啓訊息，領航員便讀取了內容：「『如果你們希望保住絕對系統的寄宿者，最好是快點回覆通訊。』」

「打開通訊。」抱起海特爾，將人放到領航員送來的醫療床上，波塞特冷冷看著在自己面前拉出的黑色視窗。領航員並未接通影像，僅放行了聲音對談，而且還將己方人員的聲音變化過，「你們對我們的人做了什麼？」

數秒後，從通訊另一端傳來極爲低沉的聲音：「你們以爲『他們』已經離開實驗室了嗎？」

「不用廢話，直接明講。」波塞特按捺住怒氣，讓自己盡快冷靜下來，好思考該如何處理這些渾蛋，「你們從哪裡得知我們的行蹤？」琥珀和沙維斯一路上都有探測船外，並沒有發現任何跟蹤物體，更別說進入了荒地之風的區域，沒道理強盜團會追他們追得這麼快。

有人出賣他們？

波塞特皺起眉，實在很不願意懷疑潛水船中的成員有叛徒。

「長話短說吧。」強盜團沒有直接回答波塞特的疑問，再度回應：「寇奇就算死了，當時被扣押移走的實驗室仍留了不少小玩意，只要弄清楚他藏在哥哥身上的是什麼，我們就能找到對應的啓動物，若不想你們的同伴死，就把那對『兄弟』交出來。」

「那對『兄弟』到底是惹到你們什麼？只因爲火系？」波塞特一直很難理解他們被抓的原因，就算火系能力很罕見，應該不至於讓實驗室的人鋌而走險入侵民宅搶人。更何況根據海特爾的記憶，他們家以前肯定也有某程度的富裕，才會有保母和昂貴的玩具，所以對於被盯上這件事，他還有些疑慮。

「因爲有價值。」

帶著冷笑的低沉聲音這樣說道：「座標已經傳過去了。來吧，兩位，你很快就會得到答案，不然你就得眼睜睜看著你哥死。」

接著，通訊便中斷無聲。

波塞特握緊手掌。

「走。」

第七話▼▼▼有價値的存在

領航員將潛水船靠到了座標點邊上，也就是荒地之風本島附近一處無人礁岩小島。其實在沒有琥珀的指示下，船隻設定原本不允許更改，但波塞特出示了瑞比特的授權，以及領航員判斷出己方狀況緊繃、事態緊急，終究還是依照乘客的意願移動船，並繼續嘗試聯繫琥珀。

「別讓我哥出來。」波塞特囑咐領航員後，才依照對方的留言離開潛水船。

小島上已有人在等他，而且不意外，就是那張老面孔。

「你們果然也有潛水船。」瞄了眼噬身後的船體，與琥珀使用的船型不一樣，但明顯能看得出是舊世代遺留產物。波塞特嘖了聲，「開場前，先給個答案吧，究竟是誰通報我們的行蹤？」

黑色影子從噬腳下翻出來，拉長成成年男性的黑影，接著傳來方才通訊時那種沉沉的聲音：「噬？」

「告訴他吧。」噬盯著眼前有趣的火系對手，希望能先打一輪，不過踩在荒地之風的地盤上，時間不容許他玩這場。估計對方很快就會追來這裡，無法久留。

「沒人通報。」得到同意的影鬼冷冷地回答：「我將極小片影子放在那個野獸能力者身體深處，像灰塵般無法探查，雖然不能動用，但我的本體知道碎片被帶到哪裡就夠了。」

「是那時候嗎……」的確，波塞特闖進第七星區救人時，那個強盜團小女孩是抱著黑梭跑出來的，估計是當時接觸時被放置。難怪強盜團會反常地協助他們，竟然忽略了這點；而之後琥珀和沙維斯的探查重點都是放在船外追蹤的可能，當然沒發現到那極細微黑影的存在，更別說當時黑梭還在緊急搶救、沒讓他們靠近。

不過這樣也就行了，知道隊伍內沒有背叛者讓波塞特鬆了口氣，起碼所有人都是安全的。

看著火系青年，影鬼抬起黑影組成的手，上面出現了巴掌大的小圓盤，「這是存放寇奇各種數據的儀器，裡面有絕對系統的啓動碼與干擾源，你哥呢？」

「消滅你們還不用等我哥出面。」波塞特張開手掌，轉繞出火焰。

幾乎同時，影鬼手上的圓盤瞬間被猛然燒出的火吞噬纏繞，伴隨著凶惡冒出的莉絲，儀器眨眼被燒得扭曲變形，成爲一團廢物。

「這只是其中一個備品。」影鬼絲毫不在意被燒燬的儀器，彈出幾片黑影吞噬毒霧，「說不定宿主死了比較方便運送，他的價値只有寇奇留下的系統，和你不一樣。」

「我哥的價値可遠超過我。」波塞特瞇起眼眸，準備一口氣煮沸該死的強盜團血

液，還有那隻影鬼。

「你動手，我們船上的人也會動手，讓宿主一起陪葬。」感覺周遭的空氣開始變得燒灼，影鬼不慌不忙地說出能讓對方停下盤算的話語：「對付有雷火系的隊伍，你不會以為只有我們兩個人吧。」

「實際上，我一個人就夠了。」噬抽出腰後的刀，微偏著頭，露出冷笑，「少一兩條手腳也無所謂吧。」

「我希望兩人都能完整拿走，價値較高。」影鬼冷淡說完後，再度看向波塞特，黑色的手從影子組成的身體中取出與剛才相同的圓盤，「別有衝突最好，不殺死宿主的前提下，我們還是有辦法做其他的事，你也不希望你哥多受苦吧……或者你想看看？」

「……」波塞特狠狠瞪著強盜。

「荒地的狗追來了。」猛一轉身，噬甩出彎刀，準確無比地射穿不知從哪裡冒出的行者，後者連吭聲都來不及，瞬間化為大片黑灰，被掀出的海風吹散，「哼哼，連撿都省。」

殘留在礁岩上的最後一點黑灰被吹散之前，小石島周遭已出現五、六名荒地行者，各自持著武器站在硬甲蟲上，包圍不請自來的強盜團。

影鬼翻過身，重新擬形成大型禿鷹般的影子，在同伴身邊振翅。

「小跳蚤群。」不太在意行者們散發出的強烈殺意，噬看著眼前的炎獄，思考著要不要無視雷利先前說的話，直接出手好好打一場，應該會比站在這裡什麼都不做來得有趣，「好吧，你慢慢考慮，殺光這些荒地狗，我再來殺你。」

「噬！」影鬼忍不住嘆口氣。

「請住手。」

聽見後方傳來的聲音，波塞特僵了下，他專注眼前的敵人，竟然沒發現潛水船又無聲無息地回到海面上，還打開船艙讓裡面的人走出來。

「這到底是……」海特爾甩甩沉重的頭，有些吃驚地看著周圍行者，其中兩名駕著硬甲蟲飛到他面前擋住，不讓他再往前。他才剛清醒，不清楚目前的狀況，但從船內看見弟弟似乎與極不友善的人對上，而且那個人還想對周遭人不利……是因爲他們嗎？

應該是因爲他們，他聽見陌生男人說了讓他多受苦什麼的。

「回去！誰叫你出來！」波塞特憤怒地低吼，「別出來！」

「終於都到齊了。」看見第二人出現後，影鬼鬆口氣，他有點不想再收同伴的爛攤子，雖然跟隨著對方，但眞讓噬和對手打起來會沒完沒了。

波塞特突然意識到他們是被詐出來的，正要出手攻擊，一股風突然從身側颳出來，像是刀般銳利穿透他的手腳關節、腰際，某種像是重錘般的力量衝撞胸口爆出痛楚，讓他瞬間失去活動能力、跪倒在地。附近幾名行者猝不及防下，各自遭到相同襲擊，其中一人還被削開了頸部的護甲，大量血液霎時噴濺而出。

「別浪費時間。」從強盜那方走出來的第三人是波塞特見過好幾次的風能力者，身爲第六星區聯盟軍的柏特，臉部像是凝了一層冰霜，毫無表情地看著強盜們，「帶上人，走。」語畢，他轉過頭掀起颶風，搧開往這邊過來的行者巡衛。

看著本來保護自己的兩名行者掉落海面，海特爾連忙想將人拉上來，但那兩人很快便被變得洶湧的海浪吞噬；一轉頭，他看見波塞特滿身血地跪倒在礁岩上，強盜們正在靠近他弟弟。

所有的一切都和那晚重疊。

他衝上前，試圖保護波塞特，然後被腳下翻出的影子絆倒在刺人的礁岩上，尖銳的石頭割破他的手腳，冰冷的黑影覆蓋到他身上，掩蓋掉他殘存的最後一點意識。

□

「『那人』指示的重點不是回收兄長優先嗎？爲什麼你們似乎對弟弟比較有興趣？」

柏特收回颷風，走到已倒在地上的青年身邊，冷眼看著那些不斷流出的血液，彎下身扛起人。「『大門』只放置在哥哥身上。」他們收到的命令是回收兄弟沒錯，不過主要是回收哥哥與其身上被植入的系統，而弟弟能同時收回最好，但如果無法吸收爲己方，就得視狀況排除，避免日後成爲阻礙。

「對『你們』來說，現在有價値的是哥哥，但對『我們』來說，恐怕是弟弟才能成爲好交易。」影鬼再度化成人形，並將手上的海特爾交給噬，「還有，我不會徒手去碰一個還沒失去意識的炎獄。」

感覺到劇痛傳遍身體的同時，柏特甩開揹負的青年，被火焰侵入燒灼的服裝與皮膚瞬間燒焦剝離了一大塊。

熊熊烈火自波塞特周遭燒出，狂暴地朝四面八方蔓延，很快地，整座礁岩小島便陷入火海與濃黑的莉絲毒霧。

「眞有趣。」噬拽起柏特，毫不留情地把幾乎已全身灼傷陷入昏迷的青年和海特爾一起摔進深海船裡，正打算去處理完全燃燒起來的能力者時，一片黑影擋到他面前。

「別和極端能力硬碰硬，先退。」看見火焰轉爲白色，連海上的空氣都跟著燃燒出火絲，影鬼立即將同伴推出礁岩島。

「嘖。」看著焚燒起來的衣服，噬扯下外套扔進火焰裡，轉頭走回深海船。

朱火強盜團的隊伍也開始攻擊荒地之風，沙里恩家和蘭恩家能保住「少年」嗎？想起那名當時沒資料而錯失的湖水綠，噬勾起笑。

如果眞的是「阿克雷」，那恐怕朱火那些爭先恐後想搶功的隊伍群不會那麼快得手，更別說這裡是荒地之風的本島，縱使放幾個武器庫來襲擊也攻不下，強盜團首領的算盤沒那麼容易敲響。

不過畢竟他們也是朱火成員，還是得盡盡心力。

「雷利，丟一座過去吧。」噬踢開倒在旁側的柏特，盯著吃了極端能力、體內正不斷被燒灼的人想了想，還是拽起半死不活的傢伙扔進醫療艙。炎獄下手也挺狠的，不知道在柏特腦子被煮熟前來不來得及醫治，讓灼熱停止蔓延，來不及也是他的命。

接收到命令的影鬼調出藏匿於附近的武器庫，如同先前般，往荒地本島衝撞。

爆炸聲響起同時，島上也炸出了整片莉絲毒霧。

確認武器庫衝撞海岸並開始釋放攻擊機組後，噬提起倒在地上的海特爾，將人安置到漂浮過來的白色床鋪上。

「怪就怪你們倒楣，生在不對的地方，還有這種年代。」噬看著緊閉雙眼的普通人，對方臉頰邊還有眼淚劃過的痕跡。

這種沒有能力的普通人會恐懼是正常的，他走出潛水船時的確在顫抖，帶著弱者的懼怕氣味，但還是走出來，眞是蠢啊。

「不過放心，很快就會有很多人下去陪你，包括你弟。」

噬推開床鋪，走到影鬼身邊，看著儀表上顯示的下潛深度……不知道「少年」是怎樣改造那艘潛水船，竟然能潛得比他們還深。

「看樣子，拿不到弟弟。」偵測到有另一方自外海急速朝礁岩小島逼近，雷利有點惱火。

「哥哥在我們手上，不用說弟弟，那票人遲早會再來。」有了黑梭這個前例，噬倒是對之後的發展滿樂觀的，而且再度期待起能和那名雷系能力好好打一場。「到時，說不定還會捧來我們要的東西。」

「也是。」

「雷和火我要了。」作爲玩具，肯定能讓人很滿意。噬勾起笑，他想要痛痛快快地打一場已經很久了，一直沒得到夠來勁的對手。

看著對方相當期待的笑容，影鬼不禁想再嘆口氣，「風……」

「風也要。」第六星區還有個強者，噬也打算找個機會將對方連根拔起。

「你如果能把這種拚勁用在繁衍哈爾格下一代就好了。」影鬼現在比較擔心的是自己輔佐的人會直接因爲想找樂子把血脈傳承給斷光光。可惜幾年前唯一那個機會被愚蠢的傢伙給弄死了，之後眼前人就再也沒過女性對象。

「那是，美莉雅的事。」噬不認爲自己得獨自負擔那些無聊事。

「美莉雅如果聽到你說的話，應該會逃走。」

「……？逃走也能繁衍下一代。」在這裡和在別地方生出來都是哈爾格的下一代，管她逃不逃。

「算了，先這樣。」

跟一個腦子裡現在充滿打上三天三夜幻想的傢伙講繁衍眞是沒意義。

影鬼再度嘆氣。

□

「……船被攻擊了。」

調頭重回碼頭這期間，琥珀發覺潛水船的異常，有東西阻隔了連線，致使他這邊呼喚好幾次，潛水船卻沒有一絲回應。

「什麼意思。」冷冷地看著少年，沙維斯開口。

「有人屏蔽聯繫……他們手上還眞多東西。」很意外強盜團手上竟握有這種專門對付潛水船的前世代干擾系統，琥珀不得不承認這次是他大意。他原本以爲戰爭時針對潛水船的系統都已經封存了，現今幾乎無人會用；如此看來，強盜團果然就和他們之前猜測的一樣，也擁有相對應的深海船隻，恐怕還是複數。而且，那隻影鬼「頭腦」同樣能使用這些東西。

「……」沙維斯皺起眉，在紫櫻飛過一座石山後，他們已能看見海面上熊熊燃燒的火焰，以及盤繞了大半片天空、濃度極高的莉絲毒氣，但沒有擴散得更廣，像是被什麼力量壓抑在固定區域。引起爆炸巨響的武器庫在附近的海中裂開——行者們並未給武器庫撞上海岸的機會，將小島嶼和那些密密麻麻正在爬出的機組封鎖在海面，不讓這些攻擊武器前進一步。

「那個是波塞特嗎？」先不管被行者隊伍控制住的武器庫，青鳥比較在意海上另外那一片轉變成白色的火海，這種距離下都還可以看見周邊海水像沸騰的開水般，大量水蒸氣與莉絲毒氣交繞在一起、不斷噴發。顯然行者們對這種狀況也相當緊張，數名風、水系能力者拉開了距離用能力壓制毒霧不向外擴張，但也不敢靠近處理。

「百分之百。」不用聯繫上領航員，琥珀也猜得出來發生什麼事了。

「過去可能會被烤熟。」庫兒可看著白色火焰，整個頭皮發麻，「我們應該不用靠太近吧？」理智叫她千萬不要接近那邊，就算不會被烤，也會被那溫度不知多高的蒸氣給活活蒸熟。

「在附近放我下去，以雷制衡。」沙維斯心中盤算了下，但不太有把握「霸雷」的力量能確實剋制「炎獄」的極端能力。

「恕無法聽從。」藤不打算讓紫櫻上的任何一人白白送死，他甚至考慮調頭遠離威脅。

「在下或許能讓艾咪試試以『調魂』力量控制波塞特。」大白兔決定切斷自己的意識，讓沉睡中的女孩轉向另外一邊，盡快強制停下波塞特的極端能力。雖然這樣做他會暫時無法使用身體，但總比波塞特力盡崩潰得好。

「你們都等等，好像有什麼靠近了。」曼賽羅恩抬起手制止一群焦躁的男性，眼尖地看見不同於強盜團的海船從另一端疾駛向白火海面。

「……烏爾。」琥珀重新連上沉入深海避難的潛水船，極快地辨認出張著巨大白色船帆的傭兵快船。被風吹鼓的雪結晶與長弓特殊圖騰，昭告著控船者的身分，也表明了他們可能必須正面迎擊的對象。

紫櫻加快速度衝出海岸上空時，下方數艘朱火海盜船正好被沿岸的行者小隊擋個正著，雙方已發生激烈的衝突，讓飛獸不得不提升高度，避免被捲入各種能力者掀起的波濤攻擊中。

其中一艘徘徊中的小型飛行機組似乎發現經過天空的飛獸，調頭就要追上他們，但眨眼就被無人控制的硬甲蟲給撞飛，一根尖銳的水柱穿透混濁的空氣，直接貫穿還想飛開的飛行機組，然後向下拉進海面。

看來強盜團這些先遣部隊可能會全被殲滅。藤一邊這樣想著，一邊感覺到空氣逐漸燙熱，連紫櫻都傳來負面情緒，雖然想盡量靠近，但最終只能將飛獸停在還有段距離的地方，也就是那些正在控制毒氣的行者隊伍上方。這裡已是防具能保護的最近距離，再近，他們都會被那些高溫水蒸氣給燙熟……就連飛獸都開始傳來覺得自己可能會變成高空蔬菜之類的這些詭異、亂七八糟的想法。

同時，烏爾的海船在火海對面相同距離處停下，從大量瀰漫的蒸氣中可看見上頭跳下幾名穿著一樣斗篷的人，快速在海面上跑開。

「他們似乎打算捕捉波塞特。」沙維斯甩出雷光，迫使那些烏爾的傭兵停下步伐，「我爭取時間，讓『調魂』停下極端能力後，你們盡快救人。」他以前未曾與烏爾傭兵團交手，不清楚對方底細，但敢來到這裡，恐怕也有一定的自信與能力。

「可是就算停下能力，裡面還是很熱啊。」庫兒可覺得一時半刻根本進不去中心位置，不被燙死也會被蒸成三分熟。而且不知道是不是她的錯覺，她覺得火焰好像開始轉藍了……

「想辦法。」沙維斯扔下三個字，在高空中直接翻出紫櫻外，筆直落到海面上。

看見下方瞬間拉出交織成網狀的雷電閃光隔離了傭兵團的人，大白兔兩秒後向後倒，後頭接住的青鳥搖了兩下，確定大白兔真的沒魂，又變回普通的兔子布偶。

但那個出手傷人的調魂真的會幫忙嗎……？

「學長，你們做好準備，波塞特的能力被中斷同時，附近的高熱和毒氣會被快速壓抑，但時間不長，趁機會把人拉出來。」與底下的行者們取得同步連線，琥珀回過頭朝幾個人說道：「行者會協助沙維斯牽制烏爾。」

「喔好。」青鳥站起身，準備好隨時衝刺。

「這邊的行者能壓制極端能力的影響？」曼賽羅恩有點訝異，她一開始認爲底下幾人只是應急的普通能力者，負責拖延時間等到那些正在沿海解決強盜團的荒地高等能力者到來。

「……嗯，是啊。」琥珀點點頭。

總覺得少年的回應很敷衍，曼賽羅恩將疑惑放進心底，眼下還是暫時先把專注力放到搶回同伴上。

稍等了半晌，「調魂」並沒有辜負眾人期待，很快地，他們便看見原本將要轉爲藍白色的火海晃動了幾下，逐漸熄去火勢。

就在最後一絲火苗熄去瞬間，原本燒灼的空氣與還在噴發的蒸氣突然被不知名的力量快速壓下，短短幾秒，溫度已降低至防具可處理的範圍。同樣發現這狀況的幾名傭兵努力想甩開沙維斯，但立即被趕來協助的行者們攔阻。

拂開蒸氣後，出現的景象是融得完全看不出原型的變形島嶼，原本可能已經變成熔漿般的礁岩液體因溫度下降與海水灌入，瞬間變成極深的顏色與充滿氣泡的怪異形狀，上頭還有殘留一些黑白色霧氣。

「做好立足點了。」庫兒可從海底拉出新的土地，轉頭喊道。

「走。」青鳥與曼賽羅恩點了下頭，兩人在紫櫻降下高度、逼近小島嶼時，翻跳出飛獸，穩穩地落在外環新生落點上。

視角從高處改爲平地後，青鳥立即看見倒在小島嶼中的青年，原本的髮色轉爲火焰般的烈紅，因爲還有些熱氣從地面冒出，遮掩了部分景象，所以不清楚對方現在的狀況，但看起來好像受傷了。

從站立點跳到小島嶼，他立時感受到腳下的高溫……雖然已經降低很多，但還是很燙腳，連特殊材質的鞋子都隔絕不了那種溫度，不過還在可忍受範圍，於是兩人便快速往波塞特身邊靠近。

越靠近，溫度就越高，連防具的運作都有些吃力，發出相當不妙的聲音，但他們還是勉強觸碰到了。

「果然受到重創。」曼賽羅恩將人翻正，可能是因爲調魂的力量，青年暫時陷入昏迷。仔細檢查，除了手腳關節被貫穿，連胸骨都斷了幾根，下手的人應該是想讓他完全失去抵抗能力和意識，但沒預料到反而會將極端能力激出來。

正想把人扛起帶走，曼賽羅恩猛然收回手、甩開手套，沾染上對方血液的保護手套，竟然燃燒了起來。

仔細一看，從波塞特身體流出的血液隱約纏繞著無色火苗，一滴到地上便再度點燃了跳躍的火焰，招來貪婪的莉絲毒氣。

「糟糕……這該怎麼處理啊。」青鳥沒想到火系的極端能力可以到這種地步，人都失去意識了，身體竟然還在本能防衛。

「我們都是第一類能力者，無法直接接觸……」曼賽羅恩皺起眉，開始覺得剛才沙維斯的考量恐怕比較正確，同爲第二類能力者的雷系，說不定可以直接觸碰火系而不受到太多損傷，「沙維斯能聽到通訊嗎？」

「能，他在你們附近。」琥珀的回應從隨身儀器傳來：「正趕過去，但烏爾的第二隊傭兵也往你們的方向過去了。」

不知道爲什麼，烏爾對於波塞特似乎相當執著，而且完全不在乎與荒地之風發生正面衝突，大刺刺地將船駛進小島周圍，讓更多傭兵直行島嶼、或是牽制外圍行者。

那些傭兵動作極為熟練，連琥珀都感到有些不妙。

「我下去支援。」見狀況不利，藤站起身，與庫兒可一前一後離開飛獸。

很快，小島嶼上開始了第一波衝突。

□

曼賽羅恩朝靠近的傭兵開了一槍，不偏不倚打在對方膝窩上，並沒有奪取傭兵青年的性命，只讓對方暫時無法行動。

「慘，感覺都好強喔。」很吃力地才用疾速扳倒個大肌肉，青鳥繞回波塞特身邊，看向開始變多的傭兵小隊，覺得超級不妙。

這傭兵團到底是怎麼回事啊，趁人之危也不是這樣的吧！就算他們有超大塊肌肉，這種行徑也不可原諒！

包圍上來的幾個大肌肉似乎對於他們的阻攔也感到煩躁，其中一名能力者朝兩人張開手，正要發動不知名力量時，像是蛇般咬上的雷光將傭兵們擊倒在地。

青鳥覺得自己好像還看見傭兵團在抽搐……被電一定很痛……

「船上還有更強的能力者。」從外圍直接走入的沙維斯看了眼波塞特，從通訊中已先知道這邊的狀況；不過讓他更介意的是從剛才就隱約感覺到，自烏爾海船中傳來的深沉力量，與藏匿在荒地之風的那些很像，都掩蓋住自身的類型，但還是能感覺到壓迫。對方正在試探並評估他們的能耐，很可能會在確認後襲擊。「如果一次出手，我們應付不了。」

沙維斯知道己方成員的實力並非都相當高強，除了波塞特與調魂外，其餘人在他眼中看來都僅僅是一般較高的程度——這些人承受不了那艘海船內高手的強悍能力。

「快撤。」沙維斯抱起波塞特，瞬間感覺到對方的火焰往自己身上燃燒，不過他亦同時發動雷系能力抵禦，還可撐上段時間。

雖然這麼說，但才走出幾步，都還未來得及與另外兩名夥伴會合，傭兵團便再度圍繞過來。這次他們非常戒備沙維斯的能力，奇異避火、絕緣材質的斗篷紛紛拉起，緊緊包覆每名傭兵團成員。

「請把你手上的『炎獄』交給我們。」像是領頭的一名男子從隊伍中走出，隔著面罩的低沉聲音朝沙維斯說道：「我們不想再擴大衝突。」

「什麼鬼！他是我們的朋友，腦子壞掉才會交出去！」青鳥連忙擋到沙維斯前面，憤怒地朝披斗篷的大肌肉喊回去，「搞不好你們也跟強盜團一夥！快滾，不然代替大俠天誅掉你們！」

「誰跟強盜團一夥！」顯然馬上被激怒的男子發出低吼。

「琅，別和他們多說，直接搶。」一邊的女性傭兵成員傳來極不友善的話語：「只是一堆不強的小孩，再擋路，將他們全部扔進海裡都沒問題！」

「看誰丟誰啊！」

好不容易在藤的協助下突破傭兵包圍線，庫兒可正好聽見女性最後那句話，她沒多加停頓，直接從海底調出土柱貫穿撕裂了傭兵團腳下的礁岩，「夾扁你們這些壞蛋！」

「小把戲。」發話的女性走上前，揮出彎刀硬生生削開還未結實的土柱。

雙方僵持不下時，沙維斯聽見了琥珀傳來的警告：「快沒時間了，別再和那些人糾纏。」

確實感覺到周遭溫度再次開始上升，連莉絲毒氣也再度盤繞回來……不過手上有個人便無法隨心所欲地戰鬥，眼下其他人也碰不了火系能力，必須用自己的能力抗衡才能移動。

「你們那個很強的戰力現在沒辦法出手，乖乖把人讓過來吧。」

似乎看穿了沙維斯的顧慮，女性再次打斷庫兒可弄出來的石柱，冷笑著用刀尖指著幾人，「我們帶走人、不為難你們，否則讓我們團長等急了，吃虧的會是你們這些傢伙，包括上面那個在飛的東西。」

沙維斯現在覺得自己應該把人往地上一丟，將這些傭兵團打得不敢再放狂語。而且他也真的要付諸實行了，正要鬆手時，靠著自己的青年突然動了動，緩緩甦醒過來。

周圍其餘人立即戒備起來，就怕波塞特又爆出火光。

「收起你的火焰。」感覺青年的血液變得更加燒灼，沙維斯皺起眉。如果火系力量繼續鼓漲，他可能也不得不發動自己的極端能力了。

像是沒聽見他的話，睜開同樣火焰般色彩眼睛的波塞特，表情空白，但在轉頭看見烏爾傭兵團的成員後，突然燒出極強烈的殺意。

發黑的礁岩再度炸開白色火焰，曼賽羅恩也在同時間拽著青鳥與庫兒可衝出攻擊範圍，將兩個小孩朝接應的紫櫻扔出去，與附近的藤一前一後跳上飛獸急速避開高熱。

原本也打算暫時撤離的沙維斯，在發現傭兵團成員竟沒離開的打算時，停下腳步，盡量將保護自己的雷能力盤繞到最大，拒絕白火的侵入與燒灼。另一端的傭兵們亦紛紛加強避火防禦，但顯然用處不大，有幾人的斗篷已超過極限，開始捲曲。

「眞是，浪費我們的時間。」

站在原本位置的領首男性發出不滿的抱怨，接著打開已冒煙分解的隨身儀器，「老大，果然不行。」

隱約聽見對方通訊那端傳來聲冷哼，沙維斯彎身暫時先將波塞特放回地面，感覺到船內的能力者開始往這邊移動時，自己也將力量重新凝聚起來，準備不管出來的是什麼，都先下手爲強爭取時間，或者用最快的方式打倒。

白色的火焰刹那間動搖了下。

以爲是波塞特在操控能力，但很快地，沙維斯發現壓抑白火的力量竟然是從烏爾海船那邊傳來。另一股灼熱的能力感讓他終於明白船中隱藏起來的能力者爲何。

帶著白光的金紅色火焰從烏爾商船如同箭矢般被射出，削開白火，強硬闢出火焰通道。

沙維斯還眞沒想到竟然會有第二名「炎獄」在海上出現。

「哼。」

他降下雷電，看著從紅火道路中緩慢走來的中年男子。

然後，與對方同時出手。

第八話▼▼▼一直在尋找……

荒地之風在當日受到最大的衝擊，並不是那些很快就收拾掉的強盜團與武器庫。而是在火焰與雷電強烈衝擊爆炸後，周遭被捲入造成的各種損傷。

兩股強悍能力碰撞後，除了往四周噴發，還像是利劍般直貫入深海底，硬生生向下砸爆出極為巨大的缺口；翻騰的海水受到牽引，繞出新的深海漩渦，波及到沿岸碼頭與海港小村莊。

不過在行者們的能力引導與守護下，雖然岸邊損失了大量財物、船隻，但幸好並沒有人因為這場衝擊而亡。

第二次攻擊時再度被「調魂」弄暈的波塞特，大約是在這場強烈衝擊翌日的正午時分清醒。

「你醒了嗎？」

身邊傳來青鳥驚訝的聲音，波塞特輕輕轉頭，看見青鳥從椅子上跳起，表情很驚喜，但又帶著一點不安。

「我哥……」波塞特張開嘴，才講了兩個字就感到全身各處傳來劇痛，那種以前曾經歷過、過度力竭的痛楚。他忍痛吸了口氣，身體本能緊繃的同時又引起新的刺痛，眼前閃過瞬間空白。

「等等，你等等等，我去叫其他人。」青鳥往門邊跑了兩步，停下步伐，有些擔心地轉頭回望髮色和眼睛色彩並沒有恢復的友人，「強盜的事情我們已經知道了，你先別發飆，拜託先忍著……沙維斯的傷勢還沒癒合，他……」

「我大概知道狀況，你去吧。」好不容易咬牙忍下疼痛，吃力顫抖地抬起手，波塞特看見手臂上有一道黑色燒痕。被攻擊而發動極端能力後的事情他還有點印象，不過記憶只到第一次昏厥之前；被「調魂」襲擊當下，他燒灼自己的血液把對方給趕走，隨後就沒意識了。看來沙維斯應該幾乎也發動了極端能力的力量，想把他帶走，手上的燒痕該就是雷系能力留下的印記。

周遭很安靜，但能聽見海潮聲，估計還在海岸不遠處，眼前所見是陌生的石材小房間，擺設品與家具大多是石刻的，有基本的防火性。

「你眞的別發火、也別再用能力，我現在去……」

青鳥話還沒說完，後方門板突然被人打開，紮紮實實地撞擊到他的身體和後腦，差點將他搧飛，他痛得整個人摀著頭蹲下來。

「別站在門後。」琥珀愣了下，沒想到自己會打到人，因爲門是石板材質、有點重量，他還用了不小的力氣推，看來正好打蒼蠅。

「嗚喔喔喔這個門打臉不是普通的痛……」門上還有雕刻，青鳥覺得自己腦袋絕對被那些痛痛的雕刻打出印子了。

「儀器傳來你們講話的聲音，我已經讓其他人過來這邊了。沙維斯被燒灼的傷勢不輕、還在接受治療，所以我們目前暫時停留在荒地之風的外環港區。」琥珀繞過差點被爆頭的矮子，走到床邊，在小石椅上坐下。「能確定你哥短時間裡不會有生命危險，宿主一死，系統很可能就會跟著被破壞，那些人需要你哥活著到達『目的地』。」

「……」波塞特默默支撐起疼痛又沉重的身體，狠狠咬緊牙根，讓自己半坐起來，「還有多少時間？」

他要，殺了那些垃圾，焚燒他們的骨頭、將靈魂一一投入煉獄。

「還足夠讓你恢復力量。」聽見門外聲響，琥珀與波塞特抬起頭，看見曼賽羅恩等人魚貫進入。

被藤扶進來的沙維斯，衣服外裸露的手臂、頸子上都還纏著繃帶，一頭長髮好像也比原先短了不少，波塞特想著大概是被燒掉的……

最後進來的是已經重新連繫的大白兔，與兩、三名穿著讓波塞特差點又理智斷線的斗篷人。

「你們——」

「等等，你會錯意了。」其中一名烏爾成員立即抬手制止波塞特的怒氣，然後解開避火斗篷，露出深邃的男性面孔，「我們並沒有惡意，你可能一直都誤會我們……你的朋友們也是。」

「我們還在等你們的解釋呢。」琥珀冷冷看著前一日還與己方對峙的陌生人們。不知為何，衝擊過後，荒地之風的頂端能力者們制止了這場對決，那名擁有「炎獄」力量的男人朝荒地之風說了什麼，行者們竟然就要他們雙方暫且先消弭敵意，保證都不動手後，才讓所有人進入已經淨空的港區休歇。

烏爾所說的似乎是私事，即使琥珀向行者們要求說明，也遭到拒絕。

那名與沙維斯起衝突的男人並沒有全身而退，硬碰硬的結果，便是同樣受了不輕的傷勢。回到海船後，停靠在仍完好的碼頭邊，雙方在荒地之風行者們的協助治療下，度過了氣氛詭異、緊張的一晚。

「會錯什麼東西，不就是你們死咬著不放嗎，這麼多年竟然不放過我，你們首領有病、全傭兵團也跟著有病嗎。」波塞特非常擔心海特爾現在的狀況，看見烏爾的人就一肚子氣，開口自然不怎麼好聽。

「我們不是敵人。」

男性自報了名號「琅」，是烏爾傭兵團的海船隊長，同時也算得上是烏爾首領的左右手之一，專門管理烏爾傭兵團在海上的事務。「先前我們並不確定是不是你，只能一直追查，但是芙西從中作梗，才會將這件事拖延這麼久。」

「確定什麼？」波塞特皺起眉，有點疑惑，他的確沒感受到對方有任何敵意，身後那兩人也沒有，只是很警戒其他人。

「解釋再多，你和你的朋友們估計還是會以爲我們有什麼詭計，幾位能否到我們商船上一趟？」琅這樣說著的時候，看了眼沙維斯，「團長昨天被『霸雷』震斷手腳，現在還在清除殘餘的雷系力量，行動不便，但是他很希望你能過去。」

「不，要說就在岸上說，誰知道你們又有什麼招想整我。」波塞特因爲疼痛停頓了下，朝對方露出冷笑，「我現在同樣行動不便，我朋友們也是，你們團長八成也在霸雷身上種了火系的力量，沒道理他就得拖著一身傷去。」

「但……」

「琅，沒關係。」

後頭起了騷動。聽見話語後，琅連忙轉身，不知何時，烏爾首領的隊伍已經來到走廊外。

房內能自由行動的幾人立即站起身，警戒著從外走入的高大男人。

同樣進入警備狀態的沙維斯立即認出對方就是與自己交手的「炎獄」；有些年紀的中年男性相當魁梧，即使穿著斗篷仍能看出一身強健體魄與帶著剽悍的刀刻面孔。發生衝突的當下事態緊急，他並未仔細透析對方的能力，現在一探索卻讓他驚訝了。

這個人——

男人就在屋內各種注視下，讓手下攙扶著慢步走近床邊。

波塞特看著莫名其妙冒出來的陌生人靠近自己。對方無視邊上的湖水綠毫不客氣地盯著他，他當然也毫不迴避地把人上下打量過。

半晌，男人突然放軟態度，偏頭從斗篷裡拿出某物品，如同幼童般大小。

「你還記得這個嗎？」

一隻弓箭熊玩偶被放在波塞特面前。

□

他們並不記得原生家庭。

但是，波塞特曾聽海特爾提過他們擁有熊玩偶的事，因爲燒燬了，所以那隻弓箭熊與哥哥的水手熊交換，焚壞的地方用一大塊藍色方布重新縫補，像是熊假面一樣。

話語中所描述的過往舊物，現在出現在他的面前，看起來既陌生、又熟悉。

「我不記得……」看著極爲老舊的熊玩偶，腦袋一片空白的波塞特過了好半晌才按著額頭、僵硬地開口：「不記得……」

「這是我長子的玩具。」男人緊盯著青年，一字一句清晰說著：「我與妻子擁有過一對男孩，其中一名是火系能力者，幼時便已顯現力量，但當時我們正忙著穩固烏爾的事務，四處奔波，孩子們一直在家中讓保母照顧。」

「……」

見波塞特似乎沒有打斷或提出疑惑的意思，男人在心中鬆了口氣，便繼續：「約定好返家的那日，孩子們被入侵者擄走，雖然透過各方面追查，也曾被要求換取物品，但最終消息盡失，只知道保母是敵方派來的奸細，把消息透露給外人，讓『他們』得到機會下手，也殺光了所有我安排在家中忠心的護衛與手下，連奸細都被滅口。雖然機會渺茫，不過我與妻子發誓在有生之年，即使是骸骨也好，要用盡方式將孩子們找回。」

「我們首領和副首領已尋找兩位很久了，直到前幾年小島上的分據點與一名『炎獄』起了衝突，因爲力量感與我們首領很相似，才想接觸你試探看看，但似乎被誤會得很深。」琅上前扶著有些站立不穩的男人，連忙補充：「一直以來，我們遇過很多冒充的騙子、想對首領不利的暗殺者，所以無法明白公開這些事情，得先確定身分才行。」

雖然說得很簡短，但男人講完了所有重點，讓在場的青鳥等人不禁既錯愕又訝異。

「所以直白地說，烏爾的首領與副首領就是波塞特的親生父母？」琥珀皺起眉，轉向沙維斯，已經發覺力量相似聯繫感的後者朝他點點頭。一開始聽波塞特描述，只以爲是傭兵團要給他個教訓，完全沒往這方面想過，而且那個團名和團徽……「還以爲是冰雪系的能力者。」

「團名是紀念我父親，在上世代戰爭時有著烏爾別稱的執行者，我們這一脈傳承幾乎都是第二類能力，有幾種不同的自然力量。」男人稍微說了下，再度將注意力從琥珀轉回波塞特，「若暫時無法相信我也能理解，但是否有機會能讓我見見你的兄長？你們的母親遠在世界的另一端，已急速往這邊趕來，我只想先確認你們都平安。」

房間就此安靜下來。

波塞特並沒有回答對方的詢問。

坐在一邊聽著大概了解了所有事情，沙維斯站起身，在烏爾首領分神看他時，指指門外。

「你先休息一下吧。」

男人輕輕地嘆息，原本是想拍拍波塞特的肩膀，但並沒有這麼做，停頓了數秒後，便轉頭隨著沙維斯離開。

烏爾首領一走，其餘成員也跟著退出房間。

「那個……」剛剛才聽完震撼消息的青鳥看了看琥珀，又看了看波塞特和其他人，「我們……」

「你們也先離開好嗎，我保證能力不會再失控。」波塞特打斷了青鳥的話，無奈地勾起唇角，「我現在超想尖叫和安靜獨處。」

認真地說，他還有點想去放火燒剛剛走掉那個烏爾首領，好平息他混亂的思緒。

起源神的這個玩笑，實在開得太大了。

看著波塞特根本不像在笑的表情，青鳥默默地閉上嘴巴。

「那麼我等就暫且先退出。」大白兔拱起手，誠摯地說道：「請不要做任何傷害自己的事情。」

「嗯，我保證。」波塞特點點頭，然後轉開視線看往窗外。

一行人退出房間，沿著走廊走了一小段，接著在連接走廊的石頭造景小庭院中看見已經在那邊等待的沙維斯與烏爾傭兵團的人。

同樣受了對方攻擊留下傷勢的兩人，分別坐在庭院左右，烏爾成員各自分散站在一段距離外保護，兩方身上完全看不出來昨天那種想要搶先置對方於死地的氣勢。

走近後，青鳥看見烏爾的首領陰著張臉，可能已經從沙維斯那邊先聽到一些強盜團下手的事情了，臉色相當難看，還帶著一絲怒氣。

「確認……海特爾就在強盜團手上？」所有人都到齊後，男人才沉著聲音開口：「我們正好錯過了？就差那一點點時間？」

琥珀抬起手制止青鳥，回應了對方的問句：「沒錯，因爲海特爾被抓，波塞特才會憤怒發動極端能力，你們錯過了……再一次。」

不曉得爲什麼，琥珀講話很冰冷，青鳥有點疑惑，但友人不讓他插口，他也只好和其他人一樣在旁邊靜觀其變。

聽著少年的話語，男人不自覺收緊了還纏繞繃帶的手掌，從那裡滲出一絲莉絲毒氣，很快便被帶著些許鹹味的風給吹散。

「我會將人救回。」沙維斯低沉地說著：「不論如何。」

「不，烏爾傭兵團會傾全力將人帶回，這是我們的事。」男人看了沙維斯一眼，轉向似乎是這群人的頭腦的湖水綠眼睛少年，「請將強盜團的訊息與座標交給我們。」

「人手多也是好事，但在轉移情報前，我想先問些事情。」瞄到綺拉出現在庭院入口，琥珀環起手，對上男人冷漠的視線，「從剛剛的對話，我覺得聽起來不像是實驗室發現火系能力想抓著玩這麼簡單，你所謂的『換取物品』是什麼意思？」

抓走波塞特兄弟的幕後聽起來是有目的性的，而不像露娜是因為月能力與美貌想被複製賺錢，也不像是庫兒可被買入做消耗型研究物……顯然他們背後是有原因，才會派出奸細埋伏，又在事後連保母一起滅口。

實驗室背後的集團想要「物品」，因為沒有得手，才讓兄弟成為「實驗」。

聽著詢問，男人瞇起眼睛，盯著琥珀好半晌，才發出聲音，「這與你們無關。」

「附帶一提，前陣子我們才攻破當初關押波塞特兄弟的實驗室……你願意說多少，我便可以考慮讓你得到多少情報。」琥珀抬起手，讓男人看見他的手腕儀器。

「你別想威脅我們。」站在一旁的琅看不過去少年囂張的態度，憤怒地搶在首領前開口：「就算你是頭腦，這種年紀的頭腦想必也不成什麼氣候，擺什麼架子。」也不過才丁點大的小屁孩，竟然敢這樣對他們的首領說話。

「欸……」聽到對方筆直無誤地往自殺雷點踩下去，青鳥連忙想制止，讓他別再衝動，不過可能來不及了……

琥珀露出讓己方感到超級不妙的冷笑，「喔?還沒上台好好跳個戲碼，就想先看看我的氣候嗎？」

數秒後，琅看見一份資料被傳到他的隨身儀器中，打開後竟是烏爾商船上最近一筆交易表單，還是極機密那種，極爲詳細、詳細到連交易座標都清楚附上。「你……！」船上的頭腦竟然完全沒有發現被入侵嗎！

還沒從驚愕中反應過來，他就看見第二封信件寄到，打開一看差點連血都吐出來。少年不知道從哪裡搜到前陣子他寄出給愛人的情書備份回寄給他，信件顯示竟然還是他本人寄給他自己。

琅閉上嘴，徹底安靜了。

騷動插曲完畢，話題才又被導回。

「原來是頂端『頭腦』，難怪……」男人稍作思考，大致可確認少年說攻破實驗室不是假話，他就奇怪這支隊伍爲何混了好幾個小孩，人員也有強有弱、還有第七星區的特殊處刑者，看來是有優秀頭腦一路指引，才會全員能力參差不齊還可以混到現在。

修理完旁邊的笨蛋，琥珀也不急著要首領馬上回應，與走近的綺拉低聲講了幾句，便又繼續等待。

期間，綺拉讓手下準備些餐點食物，放置到石桌上，再度把人員都驅離。

「……那些人要的東西，不在我們手上。」

就在琥珀想要伸手去拿桌上的胡椒蝦時，男人突然開口：「當初我們如此回應，立即被斷絕通訊，之後再也無法聯繫上；追蹤到座標點時那裡只是無人的污染小島，什麼也沒有，徹徹底底失去所有情報，那些人也不再出現。」

「是怎樣的東西？」沙維斯問道。

「這就不是能告訴……」

「那麼，你是一到六，哪一個？」打斷男人的話語，琥珀說出讓對方瞠大眼睛、改變臉色的話：「我先前打發時間追查烏爾傭兵團時，並沒有查到首領與副首領的背景，照理來說，不管如何改資料，應該都會有所留存，除非是用了家族系統遮掩……你是哪一個？」

「第六……埃卡。弗爾泰．坎特莫克．西．約恩．埃卡。」男人這次直接報上自己的全名。

「這麼長的名字現在很少見了。」青鳥愣了下，唸了幾次才記起來。

「因爲繼承家族排字，沙維斯的本名也很長啊。」老早就在第六星區的主機看過沙維斯的全名，琥珀倒不覺得有什麼。

「……」沙維斯也開始覺得頭腦太強有點可怕。

「欸！不對，等等。」青鳥猛然回過神，驚訝地看著傭兵大叔，「埃卡家！波塞特是埃卡家的小孩！你們沒變成『安卡』？」不是聽說埃卡家內鬥到已經變成安卡了嗎，之前遇到的第七星區指揮官就是已經安卡了啊。

「埃卡家內鬥之後，有對夫婦因爲不想參與爭鬥，帶著子女與姓名離開，那就是我們的先祖。」弗爾泰說道：「據我所知，現在還有類似的埃卡家散布在星區中，並不特別，就像一般人過著普通生活，目前擁有舊時權力與名氣的的確是安卡家。」

「原來如此。」青鳥點點頭。

「請恕在下無禮。」站在一邊的大白兔插口發言：「雖然這樣問很唐突，但在下極想知道，方才琥珀所言的一至六是什麼意思？」琥珀問完後，傭兵首領也回答了，聽起來像是家族的排名，但七大星區的排名家族理應是五大家族，並沒有第六個。

被大白兔一問，曼賽羅恩等人也盯著琥珀兩人，等待解答。

「說起來，以前的確有聽過我母親老說我們是第四家族，我還以為是管理第四星區家族的意思。」青鳥支著下巴，皺起眉，但現在聽起來好像並不是這樣，如果是按照星區排名，埃卡家應該會稱第七才對……

弗爾泰看了眼青鳥，「瑟列格嗎。這是古老排名，新一輩的確不太清楚，聯盟軍已經把這些排名記錄抹除很久了，課本上不會教你們這些。」

「如果不介意，就讓我替各位介紹吧。」綺拉微笑地說著，同時徵求琥珀的同意後才再度開口：「已知的家族原始排名是如此：第二家族，蘭恩；第三家族，塔利尼……塔利尼家族如各位所知，完全消失了；接著是與星區相同排列的第四家族，瑟列格；第五家族，多萊斯，以及最後一個第六家族，埃卡。這是初代最原始的家族排名，數百年前已經不再流傳使用，若沒閱讀過家族內部歷史，大部分不會知道這些。」

沒想到最高科技的第一星區多萊斯家竟然排列在第五，青鳥等人有點驚訝。

「那第一家族究竟是？」大白兔訝異過後，繼續問道：「我們聽過『第一家族』，但並不知道實際是哪一個？」

女性露出有點苦惱的笑容，「這就超過我的權限了，只有蘭恩家才能依照自己判斷，有限地告知外人。」

蘭恩家嗎……

青鳥默默看著還是一言不發、表現得自己好像什麼都不曉得的琥珀。

「烏爾的首領也不知道？」曼賽羅恩轉向坐在一旁的中年男性。

弗爾泰搖頭，「我們這一支傳下來的只有埃卡家的舊名，其餘沒聽過。」

「是衝著埃卡家後裔來的嗎……」琥珀垂下眼睛，支著下頷，思考了半晌，覺得似乎大概曉得那些傢伙們在打什麼主意了。於是他抬起頭，看著烏爾首領，「原來如此，當年他們提出要交換的物品，就是埃卡家的『神器』吧。」

「！」

弗爾泰猛然站起身，原先在附近守衛的幾名烏爾成員也幾乎同時回到首領身後，全部戒備地盯著少年不敢鬆懈。

「類似第四星區那樣的東西嗎？」大白兔和其他夥伴們已經很習慣琥珀的這種講話

方式，反而沒什麼訝異，很自然地接著問。

「我不確定埃卡家的有沒有改變型態，如果沒有，就是類似第四星區那樣的。」琥珀無視烏爾的驚嚇反應，點頭回應大白兔的詢問：「其實外形應該都差不多，主要是內在的東西。」

「你們見過瑟列格家持有的『神物』？」弗爾泰已不是一點訝異了，而是非常大點訝異。

「我們三個都看過啊。」青鳥興致勃勃地指著自己和大白兔，「圓的，就是顆玻璃球的樣子。」

「……」弗爾泰也不知道該如何回應了。

往矮子後腦搧下去，琥珀斜了對方一眼。把自家神器講得好像什麼不用門票的免費參觀展覽品，難怪烏爾首領會整個錯愕。神器原本就不可能出現在一般人面前，這種輕鬆的口氣直接暴露了矮子的身分與階級不低，還可能是核心家族成員。

「欸？」莫名被搧的青鳥摀著後腦，有點無辜。

「埃卡家的神器應該是安卡家持有，難怪小強盜會替換成尤森指揮官的女兒，估計也是想要探得存在。」琥珀重新將話題帶回正事上，看著仍相當緊張的烏爾等人，「找你們拿當然是錯誤的，現今安卡家才是直系。」

「你們到底是……」弗爾泰很難壓抑心中的震驚，但盡量不表現在表面上。

「不，這與我們無關，只有『他到底是』。」坐在一邊的沙維斯並不想和詭異的「頭腦」劃上等號。

「對對，琥珀怎樣知道的我們也不清楚，還是第一次聽見。」青鳥再度對他家弟弟很敬佩，竟然連贖金和起因都能猜得到，果然是活生生的大魔王！

「我們不清楚。」曼賽羅恩與藤無言地看著少年。

「在下也沒如此神能。」大白兔看著大家都表態，連忙也跟上一句。

「你們撇清關係可以再迅速一點。」琥珀冷冷看著一干混帳。

站在一邊的綺拉低頭笑出來。

琥珀冷哼了聲，轉頭朝綺拉開口：「這樣與我先前的估算一致，強盜團是想奪取『起源』，能請沙里恩當家來這邊一趟嗎？」

「昨天海岸出事後，已經回傳訊息，當家早些時候已處理完事務往這邊過來，請再稍等一會兒。」綺拉頓了頓，看向沙維斯，「可是寄放在我們這邊、現在要轉交給他的物品……」

「不能拿過來嗎？」沙維斯有點惱怒，昨天如果不是要走這一趟，海特爾和波塞特兩人也不至於被襲擊，目前己方還傷勢不輕，暫時無法追上。

看得出青年的責怪之意，綺拉露出抱歉的微笑：「那麼請您與琥珀少爺一起給我授權吧，我立即幫您辦理……荒地出了這樣的事，眞是很對不起。」

「他們的目標是海特爾身上的東西，就算不耽擱時間，也是會來。」琥珀將授權交給女性後，說道：「即使你在船上也避不了。」

「我記得琥珀先前好像曾說過那東西沒什麼價值？」青鳥皺起眉，覺得聽起來應該是很有價值的東西，才會這樣搶，沒價值的話實驗室就不可能放進去了吧。

「我是說『對我來說沒什麼價值』。」琥珀糾正對方的話。

「所以那是什麼？」沙維斯瞇起眼，他總覺得少年應該知道被埋藏的物品是什麼。

琥珀轉開頭，看著小庭院那些造景。

他明白大家都在等待他的答案，有些事情也不能繼續拖下去，畢竟不管再怎樣想迴避，事態依舊朝這方向發展了。

既然是人們的選擇，那就必須順應並繼續推進。

「那是……第一家族。」

重新轉過面孔，琥珀握緊拳。

「第一家族與其所在地的座標。」

□

「這就是琥珀讓各位都來到荒地之風的原因。」

陌生的聲音傳來時，原本沉默的數人立即將視線全轉向入口，從那邊走來的是名金髮藍眼的青年，像是會發光的長髮整齊梳好紮在後腦，看起來相當正經規矩；端正的五官帶著優雅的氣質與一絲讓人說不上來的狡詰。

青鳥瞬間確認了琥珀……自己的父親的確就是荒地之風的人，因爲青年長得極像父親的樣子，只是不知道爲什麼好像年輕很多——這應該是荒地之風的當家？不過當家不是父親的兄長嗎？

最後一次見到商人時，的確是中年男性的模樣。

「堇青．沙里恩，在荒地之風對外使用的姓氏爲『洛』，堇青．洛。」青年如此介紹自己，「我的確是丹泉．沙里恩的兄長……他應該在第六星區也是用這個名字吧？另

外姪子可以不必用那種看妖怪的表情看我。能力者外表會比較年輕是正常的，特別是你和你母親這種妖怪中的妖怪沒資格把別人當妖怪。」

「……」覺得自己總算知道琥珀那種講話方式是怎麼被養出來的。青鳥有點眼神死地看著超年輕的伯父。

但就如他所說，他和他媽也沒資格驚嚇別人年輕這件事，尤其是他母親……

「姪子？」敏銳地聽見了關鍵字，曼賽羅恩與其他人再度驚愕。

雖然已經得知青鳥是瑟列格當家的孩子，但沒想到父親居然是荒地之風當家的兄弟，這出身根本驚人。

「這位就是荒地之風皮笑肉不笑的當家。」琥珀冷淡地介紹。

「我很平易近人的，特別是皮笑肉不笑地平易近人，各位就別緊張了。」並不在意少年的態度，沙里恩族長讓帶來的其餘人退出庭院，獨自在石椅上坐下。

弗爾泰淡淡地與年紀可能和自己相當、或更大一些的青年打了招呼——他與妻子在養育孩子們的時候，就已經聽過荒地之風當家的名字，雖然檯面上姓氏變造過，但當時對方就已經執掌荒地之風了，所以年紀……算了，也不是沒有人利用科技讓自己變得更年輕。

「我大概有九十八歲左右，各位不用猜了，沒有使用過儀器或藥物變整，唯一的保養方式就是心情好、人就跟著年輕。不過仔細看，我已經有長魚尾紋的前兆了，最近總覺得眼尾會皺。」接過綺拉遞來的茶水，堇青悠哉地喝了口，順便看看年輕一輩有趣的表情後才繼續說道：「快五十歲時父親不甘寂寞才生了個弟弟。」

「咳咳咳——」本來想喝口茶壓驚的青鳥整個嗆噴出來。

「世界上的妖怪真多啊。」琥珀靠著椅背，冷哼。什麼心情好人就會年輕的鬼話，這老頭根本年輕到太不對勁，與雪雀相同，說不定他們哪一代有混到瑟列格的鬼基因。

「可不是。」堇青很同意少年說的話。

「……第三類能力者？」雖然對方深藏了力量，但沙維斯隱約覺得這人異常的外表比較符合規格外的特殊能力者。

「如果哪天『霸雷』想在荒地之風定居，絕對歡迎，另外幾位也是。」抬抬手中的杯子朝訪客們致意，堇青並沒有回答青年疑問，坐正了身體，「不過眼下就別浪費時間，我們先將正事處理完畢吧。」

「等等。」

打斷了正要重新起頭的話題，拖著身體、花了一番工夫才走到庭院的波塞特，環顧在場眾人，看著弗爾泰時停頓了下，便轉開頭，接著走到沙維斯身邊的座位吃力坐下，「可以開始說了。」他想知道爲什麼他與海特爾要遭受那些事情。

雖然能從儀器中聽到琥珀連線過來的對話討論，但現在他更想要在現場，親耳聽聽這些人的說法。

「應該沒有還會說『等等』的人出現了吧。」看來成員皆到齊，堇青瞥了眼對面，等待烏爾首領將手下遣出之後才繼續開口：「那這邊的人須要剷滅幾個？」

庭院裡所有人沒料到荒地之風的當家會說出這句話，再度緊繃起來。

「別說笑了，留在這裡都是我信任的人，烏爾的除外。」

琥珀開口後，幾個人才發現堇青剛才的問句竟然是在詢問他的意見。

「比想像的還多，看來丹泉說會好好照顧你也不是說假的。」並不在意其他人的目光，堇青微瞇起眼睛，「好吧，那就從頭開始說吧，總是要有個開始，才能繼續執行結束。」

「執行？」沙維斯皺起眉。

「小孩子，長輩講話，要好好聽。」堇青勾起唇角，指指一邊的大白兔，「這位就除外，很少看見比我還老的外人。」

大白兔僵了下，有些意外對方竟然判斷得出自己的年紀……琥珀有事先告知？不，應該沒有。

「我是第三類能力者，沒什麼好驚訝的。」看得出來大白兔的訝異，男性淡淡笑了下，「之後，再研究看看你的事情該怎麼處理吧。」

大白兔拱起手，朝對方道了謝。

「那麼就是……」

第九話▼▼▼誓言

凱達斯特星，是人類自母星逃出後，航行在廣闊星河中，經歷重重困難才再度遇到的綠色星球。

當時，第一家族得到了光神的指引，承接旨意將人類帶領到第二世界，延續艦艇上的那些血脈。

「這是最初的正確版本。」

似笑非笑地看著擁有一半瑟列格家血統的青鳥，堇青緩緩說著：「最早，能聽見各式各樣聲音的，一直是第一家族，將艦艇成功帶領並抵達此地的，也是第一家族。所謂『光神』是什麼，並沒有個說法流傳下來，但第一家族將人類安全送到這裡，是確定的事實。」

開始旅行後，青鳥等人聽過不少異於聯盟軍教導的說法，所以荒地之風這邊述說的版本沒有讓他們太驚訝。

而擁有傭兵團的弗爾泰本就在星區外工作，自然早就聽過各式各樣聯盟軍沒教導的故事。

「不過，第一家族讓人類停泊此處並非全無條件……母星的毀壞如果再重蹈覆轍，那麼第一家族便無法再帶領人們前往下一個『天堂』。作爲交換，領首的其餘五大家族必須對第一家族立下誓言，不毀壞新世界。改變空氣、建立基礎建築與圍牆後，讓人類順應自然發展。科技不是不能繼續，而是要適可而止地與星球本體、所有一切共存。」

「但你們看看現在，七個星區有遵守過誓言嗎？」菫青頓了頓，好笑地搖搖頭，「即使是埃卡家的第七星區，恐怕在分裂前也是正想開發的狀態吧，只是資源被搶光了，那眾多艘的生活區沒讓他們撿到多少好處。埃卡以前的族長本來就有點蠢蠢的，等他發現沒他們的份之後，人家第一星區早就靠撿便宜超越古科技了。」

「……埃卡家內戰的確是源於開發所產生的意見分歧，不過現今的安卡家相較於其他星區，確實較遵照誓言來發展。」雖然已不在家族中，不過弗爾泰這幾年聽過安卡家的尤森致力於改變第七星區，讓人們著重與自然共處。

「喔，不用解釋，每個家族都有這種分裂，吵輸的也有不少人跑來投靠荒地或其他自治區。」菫青讓埃卡家的人省點口水，「想要奪取所有資源的派系比較強大，畢竟在母星及艦艇上一切都是高科技，無法習慣不能隨心所欲、像神一樣掌握所有的生活是正常的，即使再持續八百年也很正常。」

「您前面說到作爲交換的誓言，但您還未提到不遵守的代價爲何。」一直靜靜聽著所有談話的曼賽羅恩開口：「這份誓言與現今強盜團的所作所爲有很大的關聯嗎？」

「強盜團要海特爾身上的座標，那就是他們的目的。」琥珀淡淡地說道：「二十艘子船皆已在家族們的手中，他們唯一沒得到的，就是母艦——眞正的資源。」

「寇奇放在我哥身上的就是母艦的座標？」波塞特愣了下，恨恨地可惜著當年不是自己殺掉那個噁心的人。

「嗯，之前幫他掃描時，我想內容應該差不多就是那些。」雖然無法解開內容，但琥珀有看見上頭刻印的古老文字。

「聽起來超級重要啊……琥珀你之前怎麼覺得沒價值？」青鳥整個疑惑。

「不想打開，對我來說就不具備價值。」琥珀冷哼了聲回應對方：「打開對你們所謂的家族和星區沒有好處。」

「先前第七星區那些與強盜團同盟的人講的，能夠得到掌控星球的自由，與母艦有關係？」藤也好奇地出聲詢問道：「母艦上有能夠消弭莉絲的技術？」

「不如這麼說吧——母艦上，有中和你們口中那個『莉絲』的古代配方。」說出讓除了琥珀之外的訪客們都露出訝異表情的話，堇青繼續向下說明：「剛才就提過了，改變空氣讓人類住下去……所謂『莉絲現象』，原本也是這個星球的構成之一。這裡的空氣擁有很多不同的成分，環環相扣彼此牽制，只是人類無法適應這種空氣，必須用各種方式調整那些成分。所以，毒氣並不是大戰產物，而是大戰破壞了當初調和成分的一部分，讓『莉絲』凸顯而出罷了。」

「莉絲蔓延之後，綠色植物不是生長得比較快嗎，這也就表示它並非完全只有害處，而是有其部分的益處，如果再與古代原始其他空氣成分配合、並相互反應，說不定會成為很受綠能力者喜愛的空氣。」

聽著荒地之風首領說到這邊，青鳥等人開始沉思了起來。

「唔……不是很懂。」庫兒可覺得很混亂。什麼聯盟軍教導、什麼外面的歷史，她都沒學過，對她來說兩種都搞不清楚。

「意思就是說，那場戰爭破壞了最早塑造的空氣構成，讓一部分回到初始狀態。強盜團背後的人想要找到母艦，取得所有資源，以及重新中和空氣以利繼續發展。」青鳥覺得自己應該沒有理解錯，不過還是反射性地轉向琥珀：「對吧！」

「不全然……」

「可是中和空氣也不是壞事啊，雖然我比較喜歡現在的生活，不過莉絲現象還是很可怕，如果保持現在這樣，又不用受到莉絲的威脅，似乎也算合理？」青鳥歪著頭，有些困惑地抓抓臉。當然，做壞事傷害人那部分是絕對不可以，但免受莉絲威脅對現在所有生存的人應該會是很好的消息。

「屁孩姪子，聽人把話說完。」對於那個問號，堇青只給對方以上這段話。

青鳥愣了愣，才意識到對方是在說琥珀的話還沒說完，於是他連忙閉上嘴巴。

「……不全然是這樣，母艦裡還有其他東西，我想應該不算是資源。」原本懶得再開口，琥珀斜瞪了眼堇青，道：「還有整艘母艦，雖然沉入深海，但母艦並沒有受損，依舊保持在良好的狀態。」

「可是母艦不是只有艦長與第一家族才可使用？」波塞特停頓了下，狐疑地盯著少年。

那麼話題又繞到先前的疑問上了，那個家族並沒有傳名在星區中，似乎完全被聯盟軍歷史給掩蓋。

「正確地說，系統被設定成只有艦長與第一家族才可使用，這是避免其餘五大家族爭奪。」堇青有些懶散地靠著椅背，支著下頷，「與五大家族不同，第一家族使用的是規格外的獨立系統，不受其餘系統控制、也有絕對法則，蘭恩家將設置完全切斷後就不再有外姓人可用。」

「獨立系統……？」幾個人又陷入沉思。

「系統是蘭恩家製作？不是多萊斯？」對於這個說法，曼賽羅恩比較訝異。

「哈……多萊斯的科技星區只是玩具啊，很多都是仿冒蘭恩家的研究開發。」有些得意地露出冷笑，堇青張開手掌，從空氣中浮現一絲淡淡藍色光芒，在掌中繞出圓球，「這才叫眞正的技術……最強的科學家與工程師一直是蘭恩家。」

幾乎同時，在場人發現自己身上各種儀器瞬間被入侵，被那種藍色光芒同步了。並沒有佩掛任何儀器的荒地之風首領，以某種方式掌控了包括烏爾在內的所有操控，並且不讓他們奪回操控權。

青鳥等人下意識看了琥珀，果然只有少年除外。

「難怪伊卡提安那麼厲害……」早先知道黑色處刑者是蘭恩家的青鳥咕噥著。

「蘭恩家、沙里恩家會避世，厭惡科技只是藉口吧。」沉沉地看著荒地之風首領，弗爾泰說道：「不想讓你們的技術超越其他人、想消滅你們才是正解。」

「一半一半。」堇青懶洋洋地笑，「我們是眞的討厭『現今科技』。」語畢，順勢彈了下手指，將那些被綁架的儀器還給所有人。

看著恢復正常的儀器，弗爾泰從身上抽起並銷毀。遭到入侵的東西，怎樣都無法再信任。

「你講這麼多事情，不怕我們之中有間諜嗎？」雖然不是不信任自己人，但沙維斯也不覺得這些事情能夠在初次見面的人前掏出來說，那些傭兵團的成員雖然站在外頭，但估計也會有方式能聽見他們的談話。

「琥珀保證的人是沒什麼問題，剛剛說的那些也還不是什麼重要機密，而且──」堇青微微勾起了笑，抬起手，緩慢收起拳頭的刹那，包括弗爾泰在內的所有烏爾成員幾乎同時應聲倒地，完全失去意識。

「我們改變記憶的工夫還滿一流的。」

□

讓手下安置好烏爾的成員們並加以照護傷勢，綺拉則在堇青的授權下打開了海港據點地底下的隱密空間。

看著女性解開地下密碼，大白兔突然覺得很熟悉……他先前與黑梭到第六星區、琥珀住家時，他們收藏重要貨物的倉庫內也是使用類似系統。

當時，他們還興致勃勃地購入一大批貨物，準備應用在兔俠組織上，現在卻覺得好像是相當久遠以前的事情。

密室開啓後，並沒有當時的那些珍藏貨物櫃架，藍色的暗光被點亮轉爲溫和的淡黃柔光，照出廣大的空間，與一些桌椅、日常用品。看來除了當作臨時會議空間外，也用來作爲短時間避難使用。

綺拉確認所有人都進入後，重新關閉上數道隱蔽門扉，接著替首領在內的所有人沏壺新的茶水與準備點心。

「烏爾那些人的記憶，會設定我到來的時間前，應該沒問題吧？」找了最舒服的軟椅坐上去，堇青接過手下遞上來的茶水，「大致就在綺拉報告我正要過來那個記憶點，之後他們會認爲需要花時間等待我，所以便各自回房休息。也就是後續關於蘭恩家族、母艦與獨立系統那些討論，以及我眞正的姓他們都不復記憶，他們不知道我已經來到港區。」

「你可以從他見過我這件事開始洗。」坐在一邊的波塞特低著頭，悶悶地說。

剛才在上面討論時，他知道烏爾的首領時不時盯著他看，但他並沒有心情、也還沒準備好和對方講什麼……在他心裡，父母是不存在的，幼時他們多期待被拯救卻永遠得不到回應，所以波塞特很早以前便已將那種存在自心中抹除。他的親人只有海特爾、佩特。

但是，海特爾應該會很高興吧，偶爾會說起幼時回憶的海特爾，肯定是最想再見到父母的人，可他卻見不到……

「天下父母心啊，先不說原不原諒那種老梗的話，我們百分之百確定你與他是父子關係，這部分烏爾並沒有說謊。」藥師們治療時也做過相關分析，所以不會有誤。堇青看著青年有些僵硬的表情，笑了下，「你們應該也急著要救『宿主』吧，那麼不論私事，他們的確是助力。」

交握著雙手，波塞特沉默了下來。

坐在一旁的沙維斯按著又開始有些隱隱作痛的燒灼傷勢。火焰的力量竄入身體之中，即使使用藥物加以輔佐治療，要排除外來能力也需要點時間，就如同他將雷系力量灌入烏爾的首領身上一樣，對方肯定也需要好一段時間才能活動自如。

不過，現在他有比治療這些傷勢還重要的事，「你剛剛說到蘭恩家相當厲害，那麼對於海特爾身上的東西有法處理嗎？」

「琥珀傳過來那玩意嗎。」堇青看了眼少年，聳聳肩，「以前有，現在沒有，如果不是施加者解碼，那就需要一名相當高端的藥師與一名相當高端的頭腦。即使如此還是會有風險，嘗試解碼時原本就須打開內部沉睡的核心系統，但沒人能保證開啓的第一個指令會是什麼，萬一打開，絕對系統的指令是『自毀』或『震盪』，那可是連搶救的時機都沒有，所以就連琥珀都不敢保證。」

「所謂的絕對系統，就是在層層運作的保護網底下包圍著重要的核心，核心一般在設定後會進入沉眠，打開那瞬間會立即執行『最初設定的指令』，之後才會連結上線，只要不開啓核心，就沒人有辦法得知裡面的資訊；但只要開啓，它就絕對會先執行第一命令。通常會設定這種玩意的人，初始指令很可能都會是『非本人或指定者開啓便自毀』。這樣解釋，各位明白棘手的地方在哪裡了嗎？」

堇青頓了頓，繼續說道：「如果不開啓，那麼同樣還是要夠格的藥師，因爲保護網基本上是生物型態，和人體長得差不多，難以分辨。在拔除時，外部那些零碎的小玩意如果一個不愼，就有極大的機率、八成是百分之兩百會觸動自我保護程式，估計會痲痺心臟與腦部、排放毒液腐蝕核心機密之類的……總之一樣是高死亡率。最好的方式還是先解碼癱瘓所有精密小零件，再進行移除。」

青年仔細解釋過後，沙維斯皺起眉，大致了解琥珀的顧慮在哪裡。

「那剛剛說的獨立系統什麼的能應用嗎……？」青鳥小心翼翼地提出疑問。

「不能，它是先執行、才上線，剛剛我也說過了。外環保護網的基礎動力仰賴心臟本身，就像體內血肉的一部分，並不具備獨自上線功能，只是如精巧機關般的活動著，通常很難檢查出來，核心醒來後才會全部聯繫開始運作變成另外一種東西。」看他們這樣發問，堇青大概曉得琥珀又因爲懶得解釋，並沒有完全詳細告知所有人寄宿的絕對系統跟半融合在人體上的寄生蟲沒兩樣這件事情。

「我們不是沒有技術，只是無法對你們保證宿主絕對能活下來，如果是死了也無所謂的傢伙，當然立刻可以動手，多得是儀器離體後還可以保存運作不會毀壞的方式。」想了想，他再補充說道：「雖然不知道使用者是在哪弄來的，不過這種東西原本是前世代戰爭時，應用在運送珍貴情報的人造人或奴隸上，很少附掛在一般人身上。」

「來源就別說了，植入者也早死了，先到這裡爲止吧。」琥珀揮手讓對方停止這話題。他沒說太詳細是因爲覺得其他人沒必要深入知道，只是對他們多加心理負擔罷了。

堇青聳聳肩。

「那麼，要我們來到這邊的『眞正機密』又是哪些？」也不打算再討論海特爾身上的事情，曼賽羅恩更擔心強盜團與星區的變動。

「延續剛才提到的，目前我們能夠斷定朱火那批人想要得到的是母艦，但母艦裡並不是什麼都沒有，如琥珀剛才說的，還有其他『東西』。」確認琥珀沒有阻止他開口的打算，堇青便揭開謎底，「第一家族至今仍沉睡在母艦當中。」

看見訪客們又是露出驚愕的表情，堇青繼續：「就是最原始的第一家族、初代人類。不過當初母艦關閉時狀況很混亂，我不確定還有多少人。」

「混亂是什麼緣由？」大白兔同樣感到震驚，連忙詢問。

讓所有人意外的是，開口的並非荒地之風的首領，而是坐在一邊的琥珀，冷淡的聲調描述了過去的事情：「很多忘恩負義的人結盟起來要奪取資源，尤其是第一家族的獨立系統與第一家族的特殊能力，成爲最大目標，引發了爭戰，當時死傷很慘重，你們記得潛水船的原主人吧？」

「咦？影像就是當時的事情？」青鳥立即回想起船上的那具屍體。

「那是底定的結束末期，正在清除殘餘協助者。」琥珀稍微修正青鳥的時間點，「家族們正在肅清最後那些擁護第一家族、擁有戰力與影響力的人們，之後七大星區便底定基礎。可能是作爲歉意、或是想要讓五大家族記得自己揹負的罪責等等原因，瑟列格便供奉了阿克雷作爲庇護主。」

「你果然知道很多事情。」曼賽羅恩有些不以爲然地看著少年。與他們所預料的沒錯，確實是需要警戒的對象。

「……」雖然也覺得琥珀瞞下很多事情，不過青鳥謹記著自己先前在心中發過的誓，並不想再多生旁枝。

「究竟還有什麼我們必須知道的事情？如果不想讓那些強盜得手，似乎別再隱瞞比較好。」曼賽羅恩多少起了些敵意，不悅地開口：「關於母艦、關於家族，還有那些牽扯至今讓第七星區與很多人都受害的事。」

「年輕人有點耐性，這就要告訴你們了。」

堇青不將女性的失禮放在眼裡，很隨意地搧搧手，「這件事情，約莫是大戰之後從檯面上轉移到檯面下，完全將它牽引出來，是十五年前了——」

□

十五年前，青鳥記得很清楚。

那時候，他正被母親轉送到第六星區，而在海面上碰到海盜襲擊白色商船的事故。

同樣十五年前，大白兔在追查強盜團頻繁的活動，聯合了許多能力者在海上剿滅當時朱火強盜團的領導者，讓強盜團至此藏匿於檯面下直到今日。

「十五年前，佩特將我們從黑島救離。」

波塞特只短短說了一段話，帶著困惑的視線，與其他人看著荒地之風的首領。

堇青勾起淡淡的笑。

「當時……」

雖然離開了七大星區，進入大海中尋找其他島嶼土地，但蘭恩家與後來分支的沙里恩家並沒有就此放鬆警備。

數百年以來，不同家族不斷派出說客、刺客踏上荒地之風與蒼龍谷的土地，用盡各種手段想讓蘭恩家回歸……雖說是回歸，但實際上是需要蘭恩家手上的技術，以及資料。在這數百年間，星區使用各自發展的科技將人類新世界推上一個高峰，人們眞的如同神一般，能做到許許多多的事情、創造出各式各樣的生命。

但是，他們唯獨無法復原曾經存在這個星球上的古老原始生物、植物。這星球上的物種似乎有著某種定律，母星傳承下來的科技無法解開那些祕密，只好將那些藏起、覆蓋，不再教導下一代普通民眾。

然後世界發生戰爭，接著又是百年前的大戰，一切事物與科技被隱藏到海底之下。發現海底分區重新啓用活動後，蘭恩家與沙里恩家經過各種管道，派出探查人員，其中有些順利進入實驗室，但少部分進入的人就此下落不明、抑或被回收屍體。

作爲探查人員的瑚也是其中之一。

「她是二十年前派出的其中一人，進入分島後失去聯繫，沒想到在十六年前卻突然與拓展商路的丹泉聯絡上。當時丹泉正因爲第四星區總長的關係，想要避開瑟列格一些有心人士的探查，以及想建立個管道可以保護妻小什麼的。」說著，堇青看了眼青鳥，繼續說：「那個實驗島要買些難以取得的材料，剛剛好找上在販售貴重私物的丹泉；約在附近島嶼交易時，瑚探測到家族特有訊號，就這樣順利聯繫上。設計好脫逃計畫後，翌年我們安排了一連串的狀況，包括引誘出大量海盜、強盜，放出消息並建立臨時行者、處刑者同盟，震盪分島生活區，讓它暫時停止機能……我想你們應該可以發現點關聯了吧。」

的確如青年所說，波塞特已經知道爲何當年他與海特爾能夠不受任何阻攔地從那個地方逃離，又如此碰巧得到救援。

沙里恩家盯上的一定就是他們所在的實驗室。

而大白兔則是了解當時組織聯盟的起源與緣由，因此擊殺了被引誘出來的朱火強盜首領，被黑梭咬斷腿的強盜則在那之後成爲繼任首領。

「丹泉和瑚逃脫時使用的正是芙西……雪雀知道這個計畫，她是刻意將青鳥送上船轉移至第六星區；這場騷動會攔截追上的有心人士，也讓青鳥能夠與丹泉到達同一個區域生活。我是不知道有沒有她的私心在裡面，總之荒地之風的人替她攔下那些跟蹤者後，貌似都被她拖回去偷偷處理了。」堇青似笑非笑地看了眼青鳥，「你們當時的確搭乘同艘船，海盜們襲擊芙西也不是單純搶劫，他們正在搜索瑚與瑚帶走的重要東西。」

「……難道船長他們也都知道這件事？」波塞特皺起眉，倒是沒想到芙西也會牽扯進去。

「白船的主人與蘭恩家交情還滿不錯的，雖然不一定知道詳情，不過被請託幫忙救出沙里恩成員並加以藏匿，他們還是極樂意協助。」堇青半承認了對方的詢問。

「那瑚帶出來的究竟是什麼？」曼賽羅恩也耳聞過當年的海上同盟，不過她更關心造成這一切的根源，「第一家族的資訊？」

「座標與第一家族能使用的兩件兵器，不過座標目前流出刻印在另外一個人身上，所以是兵器比較重要。」

堇青豎起兩根手指，「『紅騎士約瑟芬』，『白騎士卡姆歐』。」

聽見耳熟的名稱，青鳥立即轉向琥珀。

「那究竟是什麼東西。」曼賽羅恩也曾聽過，這兩個名稱被刻印在聯盟軍見不得光的機密中，一直以來沒人知道是什麼，只知道聯盟軍不斷想辦法封鎖。

「五大家族向『神』發誓過，如果他們違背誓言，那麼第一家族便有資格啓動『神罰』，讓人類的發展歸於初始。」琥珀冷冷回瞪了矮子，淡淡地開口：「『紅騎士約瑟芬』摧毀所有系統，『白騎士卡姆歐』殲滅發展科技。阿克雷當初爲第一家族設立了獨立系統，便是只讓第一家族能發動這兩件兵器。騎士們被刻印在五大家族的科技當中，無法排除，整整八百年他們還是破解不了阿克雷的設計……你們現在明白爲何阿克雷在傳說中會將懲罰之火降臨在罪惡之人身上了嗎。」

「系統一毀，發展歸於初始。也就是說，這個星球連空氣都會回復到最原本的狀態嗎？」曼賽羅恩認爲事態可能會更糟糕，「那麼無罪的人怎麼辦？星區上有許多無辜的人，努力活下去的樸實人們還有很多，難道第一家族會連這些都毀滅嗎？蘭恩家與荒地之風也在其中不是嗎？」

「喔，蘭恩家和沙里恩家的人倒是不太在意這個喔。」堇青覺得自己與家族都還滿看得開的，「我們原本就傳承著保護第一家族與遵守誓言的使命，最後會如何，就交給第一家族決定，蘭恩與沙里恩不會有任何怨言。」

「這樣我無法接受，如果保護不了只想好好活下去的百姓，那麼我寧願與第一家族對抗到底。」原本就是想要讓第七星區的人們能夠無虞地生存下去，曼賽羅恩立即反駁了對方的說法。

「……在下想要的是給孩子們一個安全的世界。」一開始是爲了能讓艾咪好好活下去、自己安心離開，但後來看多了那些殘酷的事情，直到今日，大白兔最想做的是打造出能讓小孩子們歡欣自在奔跑的地方，不再受到任何傷害。

「我可是還想繼續活下去。」庫兒可連忙搖頭，「不想就這樣死翹翹，好不容易才逃出實驗室。」她還想看更多的地方、更多的人，還有各式各樣漂亮的衣服……好吃的東西她也沒吃夠呢。

「威脅到我哥，即使是第一家族我也不會罷休。」波塞特並不想讓莫名其妙冒出來的存在再害到他哥，他哥已經受太多苦了。

「如果你們是這麼想，那就繼續阻止強盜吧。」琥珀有點想嘆氣，沒改變臉色，只

是淡淡回應了所有人：「強盜團要做的就是打開母艦，屆時釋放出裡面的『東西』，我可無法保證會迎來怎樣的結局。」

被琥珀這麼一說，幾個人紛紛嚴肅起表情，各自沉思。

「那麼就先說到這邊吧，荒地之風的人順利追蹤到強盜的下落了，你們好好休息整頓，傷勢復元後我們會協助你們進行救援。」堇青站起身，拍拍手，身後的密室門扉無聲無息地打開，驅逐訪客的意圖明顯。

雖然還有疑問，但對方擺明不會再開口，曼賽羅恩等人也只好往上離去。

「我還要調整荒地之風的系統同步，學長你也先上去吧，你們的認證授權應該也都送到了。」琥珀看著正在等自己的青鳥，說道。

「唔……」

其實很想詢問另一件事情，青鳥只好先吞回去，悶悶地跟著離開了。

□

所有人都回到房間後，密室再度被關閉。

堇青看著站在面前的湖水綠少年，輕輕地單膝跪到地面，做出極為敬重的行禮。

「『阿克雷』。」

「……」琥珀搖搖頭，「別用那個名字，我不是他。」

堇青勾起笑，重新站立起來，順勢拍拍衣襬的灰塵，「我沒預料到您會增加這麼多『羈絆』，您現在看人的表情和幾年前相當不同，尤其是那個屁孩姪子，沒想到能夠相處得這麼好。」

「他只是個很煩的傢伙。」至今琥珀還是覺得矮子超煩人，但自己卻在不知不覺中也習慣了那種又煩又纏……在第六星區、對方怒顏相向時，他確實有動搖。

「您原本在這個世代應該必須中立，不出手任何事，也不協助任何人。起碼當初您是這樣告訴我們的，對於您出手幫忙促進很多事態往不同方向發展，令我們感到很意外。不過這樣也好，畢竟……」堇青笑笑，沒繼續向下說。

畢竟有人味還是比較好，不論世界往好的方向或是往壞的方向前進，起碼活得像個眞正的人。這種話說出來，肯定會讓少年立刻又用冷淡包裹起自己吧。

「……」也不是猜不出來對方想說什麼，琥珀嘖了聲，不想再往這個話題說下去，於是改變內容，「十七年前，第七星區外環小村落會遭襲，果然是因為當時母艦的軌跡正好在那一帶吧。」剛剛對方講到過往，他才想起關於黑梭村子的事情。

「是的，瑚的確是在十七年前初次探索到母艦的軌道，她向母艦發出多次訊號並出示身分，終於得到一次回覆，似乎在那時候強盜團捕捉到不明訊號……說來慚愧，沙里恩家有名想要重回前世代的反叛者在強盜團中協助他們調查，幸好反叛者所知不多，他並未習得沙里恩家眞正的技術，早年理念不合就已經離開；所以僅僅捕捉到那一瞬間，且偏移嚴重，最終將座標鎖定在那座村子附近，強盜爲了淨空才會導致屠殺。」對於小村子遭受的無妄之災，堇青也有些愧疚，趕過去的荒地之風成員來不及幫上更多，只得援助僅剩的孩子們撤離，「我們在當下已抹殺反叛者，眞的很抱歉。」

「……如果這星球最終能順利繼續下去，請務必協助第七星區與尤森指揮官，讓尤森成爲總長，打造人們眞正需要的安全星區。」琥珀認爲尤森能夠協助第七星區的農業發展茁壯，只要正派人手充足，未來便能不擔心再被侵擾，也能吸收到更多志同道合的人，這樣第七星區便會逐漸強壯起來。

「這個當然，我們已經培養一批他會需要的各方面人才。眞正用得上時，這些人會盡最大的力量幫助安卡的人。」堇青補充一句：「資源與金錢方面也都有準備。」

琥珀點點頭。

接著堇青再向對方報告，瑚聯繫上後觸發村莊事件，所以母艦沉寂了相當久的時間，直到隔年才再度有所回應，以各種方式接收母艦授予的「物品」後，同時向附近發出家族訊號，得到了丹泉的協助。

「其實當初從母艦中運出最重要的並不是那兩件兵器。」堇青告訴外人的只有那些家族糾葛，身為沙里恩的族長，他必須守護該守護的事物，「而是您。」

從母艦那邊得來已經被養育至一歲大的嬰童，隨後震盪了分區島，逃出該地——當時不只丹泉和瑚，琥珀也與青鳥在同一艘白船上。

「應該是在瑚與母艦頻繁確認當時所在座標時，實驗室有人在研究中修正並嘗試反叛者的使用方式，無意間捕捉到確認訊號，才會流出座標。」根據瑚的回報，堇青曉得實驗室一直反覆研究當時反叛者給予他們的資料，估計是有人不巧弄懂了吧。

「……他們抓海特爾和波塞特是想要逼埃卡家交出『鑰匙』，沒想到最後是用來運出其中一個座標。」琥珀都不明白這世界究竟有沒有命運這件事，星球這麼大，他偏偏就是遇上這些相關的人。

原本以為自己欠矮子已經夠糟了，現在卻越欠越多，讓人有種無力的感覺。

一想到這些事情，琥珀的心情整個變差，也引起一陣頭暈目眩的劇烈咳嗽。

等對方稍微平息些，堇青取出布巾替對方擦掉臉上的血，「如果不介意，請使用我的能力，我是『凍結』，時之能力者，或許能協助您多少延緩身體的崩潰時間。」

「嗯……」

握著對方的手，感覺到力量緩緩流進體內時，琥珀閉上眼睛。

時間，越來越少了。

第十話▼▼▼存在

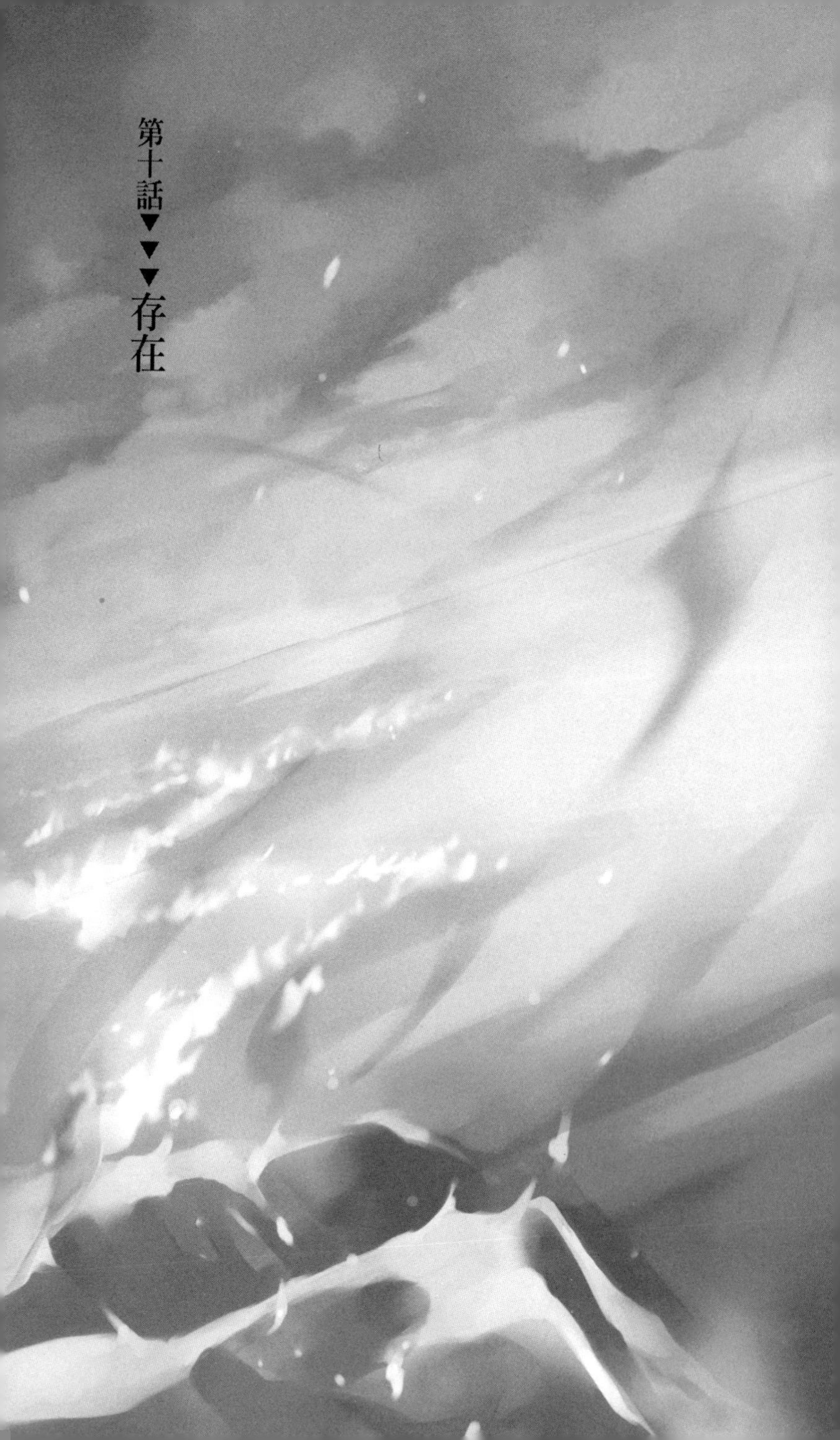

「唔……應該不會吧……可是……」

離開密室、回到房間後，青鳥環著手相當苦惱地在房間裡來回走動。

剛才在地底聽著堇青告知雙騎士系統兵器的事情，他並沒有像其他人一樣立即反彈，那是因爲他想起了在第六星區那天，伊卡提安的確向琥珀問取了紅騎士的授權。

不過就他們的說法，兵器系統是第一家族才可使用的……琥珀是第一家族嗎？

但那天聽他們談話，琥珀應該是來自蘭恩家才對，他與伊卡提安又長得超像的，這點應該沒有什麼好質疑。

蘭恩屬於第二家族，那第一家族到底是什麼鬼？

「怎麼了嗎？」

大白兔推開門，看見露出鬱悶表情的男孩正焦躁地來回走動。

「沒什麼……」青鳥垂下肩膀，這種事無法與大白兔討論，即使對方完全可信賴，但是私事……

大白兔輕輕將門板闔上，歪著頭想了半晌，說道：「雖然打從一開始便對琥珀了解不深，但在下相信他必定有考量才會有所隱瞞。」對於琥珀瞞了很多事情不講，大白兔多少也有些介意，不過每個人都有自己的選擇，在沒有危害他人的情況下，外人沒資格追究。

況且，他自己還在不久之前因爲艾咪的關係傷害到其他人。

「……是這樣沒錯啦。」青鳥覺得大白兔應該誤會他的焦慮了，順勢點點頭，「不過我已經發誓不會再問琥珀這些了。」

大白兔點點頭，「在下明白。」

「還是先把重心放在波塞特那邊吧。」青鳥用力吸口氣，轉開話題。海特爾被抓的事情他們都有責任，如果不是先前邀波塞特等人幫忙，說不定不會遭到波及……在芙西據點接受保護肯定相當安全。

「在下原本希望艾咪能夠協助此事，但她似乎不願意。」考慮了強盜團那邊的狀況，大白兔與女孩交談過，但「調魂」拒絕了他的提議。

「……？如果艾咪幫忙，大俠不就會中斷連繫嗎？」青鳥記得他們之間就是一個醒一個倒的狀況。如果女孩清醒，之後再連繫大白兔是不是就得再花很多時間了？

先前大白兔出狀況時，黑梭的確說過有時候需要點時間才能恢復，現在想起來估計就是「調魂」重新連繫的時間。

「確實如此。」大白兔頓了頓，說道：「但是艾咪比在下強很多。」

「她只想顧好你，其他的不會幫。」

大白兔與青鳥同時抬起頭，看見琥珀推門走了進來。

「我詢問過菫青，調魂遭到非自願中斷後重新連接的時間越長，就表示主體相對虛弱，更不用說需要調魂進入沉眠專心連繫。」琥珀看了眼布偶，說道：「上次被截斷，艾咪會那麼生氣地襲擊所有人，估計就是兔子的本體已經相當衰弱，很可能長時間停下連繫就……」

再怎麼說，本體以那種型態維持那麼久，原本就已經很難得了。如果不是調魂全心全意箍緊靈魂，很可能連藥物都無法維持漫長的時間。

「在下還不至於如此脆弱。如果光神允許邪惡就此誅盡，在下或許能支撐到第七星區回歸和平的瞬間。」畢竟也算在研究室待過，大白兔多少了解自己的狀況，「這樣就足夠了。」

「那是你的想法，決定權在調魂手上。在那之前，我們要先做好自己的計畫。」並不覺得少女會鬆手，琥珀還是打算腳踏實地。

「有什麼計畫？要再重回第七星區嗎？」青鳥想來想去，想著如果無法在海上搶回，大概還是得再回去第七星區，畢竟現在那邊是強盜團的根據地，他們肯定會把人再帶回去。

但是目前其他人都還沒痊癒……

「有傭兵團與荒地之風的幫忙，要救個人大概會比之前簡單很多吧。」這方面琥珀倒是不太緊張，烏爾傭兵團的團長現在估計比他們還想衝去把人救回來。弗爾泰當時能直接與波塞特的火焰對抗，肯定也是頂端能力者。那些團員的避火用品應該就是爲了不被團長使用能力時波及到才準備的，而非針對波塞特。他們因爲預設立場，才想錯避火防備的方向。

「那麼你的打算？」大白兔看著少年，等待。

「我打算……」

□

周圍相當吵嚷。

不知道爲什麼，總覺得自己並沒有因爲襲擊失去意識，隱約能夠感覺或聽見各種動靜，以及某些外來騷動。雖然能感受到周遭變化，但卻無法醒來，就像是有什麼東西奪走身體控制權，讓他難以如往常般隨心所欲地移動手指與睜開眼睛。

低沉的聲音自附近傳來——

「噬，荒地之風的人攔住第三條路。」

「浮上去，我不介意多陪他們玩幾次。」

「……唉。」

反覆的討論聲及微微的搖動在不同的時間點重複了好幾次。

之後，全部安靜下來。

再度恢復意識時，四周空氣已不是先前那種過度乾淨的氣味，而是另一種……有些悶沉的詭異氣味。

稍稍動了下，發現自己這次竟然能夠移動身體，甚至睜開眼睛。

小心翼翼地眨了幾下發痛的雙眼，過了好半晌，海特爾才能看清楚自己是在某處幽暗的空間。這讓他突然連接起非常不願意再去回想的過去，盡力壓下所有恐懼不安的同時，人也因此完全清醒。

「你是誰？」

女性的聲音從旁側傳來，打斷他的顫抖。

海特爾立即轉過頭，看見的是個陌生女人，身穿著聯盟軍的服裝靠坐在牆角邊，腿上躺著嬌小的女童。兩人看來非常虛弱，尤其是小女孩，似乎要喘不過氣，臉色極爲青灰，是那種死亡隨時會降臨的色澤。

「她是能力者嗎？」幼時見過許多實驗品瀕死模樣，海特爾緊張了起來，「過度使用能力？」

女性——布蘭希聽著對方的話，警戒了起來。

「如果有合適的藥物我能幫忙穩定……」

「沒有任何東西。」布蘭希打斷陌生青年的話，冷冷地說道：「那群叛徒什麼也沒給。」

用盡力氣的茉莉被扔進來後便只剩一口氣，強盜團與叛變的聯盟軍只替她治療了基本傷勢，沒有穩定能力，就讓女孩這樣等死。

「那是當然，我們不會讓調魂有再次襲擊的機會。」

黑色影子自上方落下，形成貓般的形體站在兩人之間，筆直地看向海特爾，「不過如果你們想要藥物也不是不行。我讀過你以前在實驗室的資料，如果你能乖得像寇奇身邊的狗，那我就提供你想要的東西。」

「……我想這次應該很快就會有人將我帶離這裡。」盡量讓自己語氣如常，海特爾淡淡說道：「不是嗎。」

「這可就不知道。不過我想我的提議對你們來說很不錯，而且我也需要能閉上嘴巴乖乖處理此事情的人，如何？」黑貓稍微走動了幾步，等待答覆。

海特爾看著還在喘息的小女孩，思考半晌。「好。」無論如何，那名小孩的確須要治療，她還相當小，未來還很長。

「很好。」黑貓甩過身，再度成爲一片陰影融回地面，只留下些許藥劑。

不知道影鬼是完全離開了，還是又待在影子裡窺探，總之海特爾暫時先不管強盜的問題，拾起藥劑仔細查看後，發現裡面有廢除能力的成分……這與聯盟軍多年來在市面流通藥物中加入壓抑雷火系能力者產生的做法相似。

看著小女孩，海特爾將藥物拿給聯盟軍女性看，同時告知了這點。

「……用吧。」布蘭希看著腿上的女孩，嘆了口氣，「能活下去就好。」對於茉莉，她感到極深的歉疚，當初徵召女孩進入聯盟軍時，她們說過多少能讓第七星區變得更好的事，但卻連一件都沒有做成，還被強盜團利用。

現在她只希望女孩能活下來，失去「調魂」能力，說不定對女孩來說還是好事——她能回歸正常孩子的生活。

海特爾點點頭，開始協助替女孩治療。

影鬼留下的藥物並不多，只夠一次使用，看來是要循次給予。

「我是布蘭希……」原本想像先前一樣介紹自己，但布蘭希想起了那些強盜與如柏特那樣的家族、現在笑話般的聯盟軍，便冷冷勾起唇，「第七星區，布蘭希。」

「海特爾，來自第六星區。」海特爾想了想，「果然又回來第七星區嗎……」這點倒不讓人意外，如果去了第七星區以外的地方，他反而比較害怕。

接下來兩人沒交談什麼。

茉莉的狀況穩定後，影鬼再度出現，要海特爾離開被關押的房間。

退出後海特爾才發現他們所在位置應該是個相當大的地下空間，房外是設有許多防禦警備裝置的寬廣長廊，卻沒看見任何窗戶或室外景色。

「上回你弟弟那群人來燒燬了我們幾棟建築物，逼得我只能將這些人藏到這邊，否則被首領或其他人發現，就活不了。」走在前面的黑貓轉過頭說道：「你如果想偷跑，被發現的話，這些人同樣也會陪葬，你應該不想發生這種事吧。」

「……」雖然不知道所謂「這些人」還有哪些，不過海特爾的確是不希望像那樣的小女孩隨便死掉。

看青年默認了，黑貓便繼續開口：「這條走廊盡頭有放置藥物、食物的倉庫，到你離開之前，你可以按時取給其他房間的人。不餵也可以，就讓他們餓死。我會監視你，每個人一次都只能給一份，不能多也不能少，也別想幫忙他們逃走，這裡關押的人全部都有注射失去力量的藥物，只有你能自由行動。」

「讓我照顧其他人？」聽起來對方的確是這個意思，海特爾有些意外。

「噬不喜歡外人碰他的東西，那個用風的小子現在被燒得半死不活的沒作用，所以就你了。直到我們需要你的心臟之前，你都得留在這裡。」朝青年拋出個小手鍊，黑貓溶回地面上，「那是通行這些房間的授權，隨便你愛做不做。」

「可是……」

海特爾握住手鍊，正想再發問時，才發現影鬼已不再給他任何回應，只好硬著頭皮將手鍊掛上去，姑且先一一開啓其他房間。

接著他發現除了布蘭希與小女孩外，另外還有兩個房間內分別有著昏迷的青年，以及全身燒傷、還在接受儀器治療的柏特；而在接近盡頭的最後一個房間中，他看見了一名金髮的中年男性。

這個人，他曾在琥珀家中擺設的相片上見過。

「沙里恩……先生？」

海特爾踏進房間，小心翼翼地看著很虛弱的男人，金髮的男人與布蘭希一樣，無力地趴臥在牆邊。仔細一看，男人的右腳並不存在，不知道什麼原因，少了一條腿。

聽見詢問時，男人突然睜開眼睛，清澈的藍色眼睛不帶溫度地直視海特爾。

「我的兄弟與青鳥、琥珀兩位是好朋友……我雖然也被捉到這裡，不過可能因為太弱了，強盜團要我負責替你們送食物。」海特爾知道影鬼為何選上他。他不是強者，弱得只要其他人想，就能夠弄死他，所以強盜團不覺得他能反抗什麼、才順勢叫他幫忙打雜吧。

男人直直看了他半晌，一直到海特爾以為對方警戒著他不想開口時，對方才發出聲音。

「青鳥……還好嗎？」

「我最後一次見到他時，還很好，琥珀也是。」海特爾關上門，從一邊桌上倒來茶水，扶起似乎已經很久沒有進食的男人，想先餵食些許，但立即被對方推開。

「所有的東西……都有失去體力和能力的藥……」

聽著幾乎像是氣音的話語，海特爾皺起眉，「可是不吃會死。」對了，這樣他那份也有藥嗎？如果強盜團要他照顧這些人，應該不至於給他有藥物的食物吧？

看這些人被關押的樣子，應該多少還是有進食，就不知道是自願吃下還是被灌食了。海特爾曾見過被灌食的實驗品，當時他會勸那些孩子吃下去，起碼能繼續延續生命，但遭到不少憎恨，那些孩子認爲他就是屈服於實驗室的走狗……他把那些恨意罵語放在心中，成爲自己的一部分，也因此能一直記得那些不會有人記住的孩子們。

他希望忘掉實驗室裡的遭遇，但不想忘掉那些可憐的實驗品。

似乎對於海特爾的話有些不以爲然，男人轉開頭。

看對方拒絕食用，海特爾只好先將杯子拿開，脫下外套摺疊好墊在男人頭下後再小心地將人安置回原位。等到他收回手，對方才再度開口。

「你說你是被抓來的……琥珀那邊出事了嗎？」

「我不太清楚狀況，不過我與兄弟是和他們一起到荒地之風時被襲擊。」對於處刑者那邊的事情，海特爾知道的並沒有波塞特多，所以他只能將自己曉得的部分大致告訴露出亟欲知道表情的男人。敘述時沒有被影鬼或是什麼阻攔，順利把來到第七星區幫忙救處刑者，到荒地之風被襲擊這段時間的事說完了。

「已經向荒地求助了嗎……」男人聽完話語，反覆喃喃唸了幾句海特爾聽不太清楚的語句。

「對了，我只知道您可能是琥珀的親人，但您是……？」看著與相片上相像的男人，海特爾有點後知後覺地想到，如果自己認錯人，似乎會變成講出很多不該講的話。

「丹泉．沙里恩，登記是琥珀的父親。」看了眼房內的陰影，男人——丹泉並不打算在這裡向對方說清楚青鳥與琥珀的身分眞相，「強盜團抓你做什麼？」

青年進門後，他也在打量著對方，但眼前的人看起來不像能力者，更不像有參與家族或強盜團各種事情。坦白說，這人只像普通的百姓居民，還是相當無害、無力量心機的那種，強盜沒道理會扣押這種人……就是因爲感受不到任何惡意，他才會回應對方的搭話。

「好像有什麼重要的資料移植在我身上。」弄清楚確實是琥珀的家人後，海特爾也不隱瞞，反正監視的強盜必定知道這事情，「我與兄弟很久以前待過黑島實驗室，在那時候被植入，他們想要這些東西。」

「實驗室……糟了，原來如此。」丹泉皺起眉，稍作思考後完全想清了這段時間以來的疑惑，「難怪他們會找到我們身上。」

「？」海特爾再度狀況外。

沒有回應那些令人不解的話語，男人沉默一會兒後，才再度看向海特爾，「被植入的東西，琥珀也取不出來嗎？」

「嗯，聽說很困難。」海特爾點點頭。

男人又再度安靜下來。

等了比剛才還稍長的時間後，海特爾終於得到下一段話語——

「……食物，我吃。」

有些訝異對方轉變的態度，不得不說有些高興的海特爾連忙側過身去將水杯取回，順利讓衰弱的男性喝下點水，這才讓他鬆了口氣。

即使有放入各種藥物，但爲了維持生命，這些還是必要的。

畢竟，一旦失去生命，就眞的什麼也沒有了。

□

「如何，就告訴你那個小子會有用。」

站在監控畫面前，噬有些不快地彈開肩膀上的黑鳥。雖然影鬼講話沒什麼起伏，但他就是覺得對方在炫耀。

黑鳥向上飛了一下，站在旁側桌面上，「研究室的資料記錄著，他雖然性格軟弱，不過某方面來說很聽話，讓很多研究人員將他當成一分子。這就省了我們得照顧這些『戰利品』的麻煩。」不論是布蘭希或是丹泉都很棘手，先前逼得他們得三天兩頭灌食一次，才不會將這些東西活活餓死。原先這些人是丟給不會聲張的柏特去處理，現在連柏特都要照顧，幸好來個遞補的傻子。

「哼，他們全死也無所謂。」噬關掉畫面，冷哼了聲。他不在意這些人的死活，即使有珍貴情報也一樣。

「老子等那個鬼小孩醒之後，要折斷她的脖子。」站在後方的克諾揉著頸部肌肉，低罵了句。被調魂攻擊後他花了點時間才讓身體復元，現在還不時有點痠痛。

「攻擊你的『調魂』不是她。」看著復元的同伴，影鬼說道：「是兔俠組織的『調魂』。」

「都一樣。」

「你這是遷怒。」噬冷笑了聲。

「你連怒都沒有就到處遷。」克諾不覺得他們的首領有比較好，這傢伙完全是看心情在襲擊人，連任務都亂做。

「兔俠組織那邊的人似乎還不知道湖水綠是『阿克雷』。」影鬼落到地面，拉回人類般的影子形體，「『阿克雷』有必要隱瞞他們嗎？」

「如果『她』給我們的訊息沒錯，『阿克雷』的記憶應該還未完全復甦，那小子自己也還在摸索吧。」噬往旁邊的沙發舒適躺坐下，「不過，我很懷疑屆時他敢講嗎，他可是帶著雙騎士系統回來七大星區的人，說是處刑者的敵人也不為過。」

他一開始就告訴過湖水綠，應該加入他們這邊。

「塔利尼才是他的同伴。」

不過，塔利尼家族在很久以前就已經遭到其他家族毀滅。

影鬼看著僅存的男人，「對『阿克雷』來說，他是中立者，沒同伴。」

「也是。」噬抓抓後頸，嘖了聲。

「安特妮亞當初留給我們的訊息不多，如果能更早知道他就是阿克雷，就不用浪費這麼多時間。」影鬼想起當初被朱火強盜團抓獲的貴族女性，那名美麗的湖水綠在得知噬的身分後，原本想告訴他們更多事情，卻被不長眼的白痴給殺了。

於是他們只能摸索著設下陷阱，一邊消滅第七星區的阻力，一邊試圖尋找可能已經重回七大星區的「第一家族」與相關線索。但沒想到人就近在眼前，當初襲擊學校時還差點把對方剁成肉醬。

「安特妮亞也不知道他是誰。」噬半瞇起眼睛，想起了當初被擄來的女性。

與少年相像的眼睛色彩，柔軟似水的溫潤聲調，就連在瀕死時也不見她露出恐懼，只是一如往常般地輕聲交代家族的任務，希望他們保密並延續。

雖然僅僅相處幾天，不過噬還是清晰記得女性在身邊時所有的事。

當初，讓契奧德死得太輕鬆了些……

「你什麼時候要去拿回『鑰匙』？」隱約感覺到對方溢出的淡淡殺氣，影鬼知道友人又想起女性死亡前的畫面。

「快了。」

噬磨蹭著手指，看著從那邊蹭出來的細細砂痕。

就快了……

□

海特爾是在取第二次食物時才知道最後那名昏迷青年的名字。

時間上算起來，應該是他被抓到這裡來的翌日中午。

如影鬼所說，倉庫裡的確存放了不少簡易食物與藥物，都一份份地分裝放好了，他只須拿出剛好分量給所有人即可。分送至這個房間時，正好看見青年清醒。

「你是兔俠組織的人？」

聽著青年自報名字，海特爾有點訝異。其他人在討論時，他確實聽過這名字，也知道對方反叛兔俠組織，將大白兔的可能所在地悉數告訴強盜。不過他以爲對方應該會和強盜團混在一起，沒想到也會被關押起來。

「曾經是……」青年——北海靠在牆邊，低聲說道：「但我想他們應該已經不會再將我當成友方。」

作爲交換黑梭性命的代價，是供出大白兔本體藏身的位置。

北海當時毫不猶豫答應了。但他並不知道大白兔藏在哪裡，一向都是黑梭在處理這件事，也從來不假以他人之手，所以他只能將有可能的幾處地點交給強盜們……之後發生什麼事，到現在還沒有任何消息。

檢視過青年沒有受什麼傷，只是因爲藥物控制才顯得虛弱，海特爾鬆了口氣，坐在一邊協助對方慢慢吃下食物。

「如果是兔俠組織那幾位，在我離開之前他們都還是安全的，黑梭被救離後已經送進荒地之風治療。」看著愣住的青年，海特爾說道：「那邊有很多行者藥師，我想肯定能夠痊癒。」

「那就好……」得到了確切的說法，北海終於放下心中的大石頭。長長呼出口氣覺得輕鬆不少，「只要他沒事就好。」

對於兔子，他多少是有愧疚，但再來一次，他還是會將地點交給強盜——從一開始他效忠的就不是那隻布偶，而是更加活生生的友人。

「雖然你說沒事就好，但你的表情看來充滿歉意。」海特爾覺得自己應該沒有看錯，對方的臉上的確帶著不知對誰的抱歉。

「……」

接下來，北海便不再說話，直到海特爾讓青年吃完食物，他依舊一聲也不吭。

整理好物品，海特爾就退出房間。

正要繼續往下一個關押房去時，突然聽見身後走廊傳來聲音。

「怎麼又多一隻！」

他猛地回頭，看見的是名少女，穿著聯盟軍的服裝，完全不像被關押的一員……也是強盜團？

少女盯著對方手腕上的授權半晌，嘖了聲，「雷利，怎麼又多一個？」

黑色影子從上方落下，像隻雀鳥般的模樣站到少女肩膀上，開口：「那個芙西船員的哥哥，座標和大門在他身上，目前讓他暫時頂替柏特照顧那幾個人。」

海特爾看著少女皺起眉地盯著自己，表情說不上認不認同，但很明顯表現出他不應該在這裡的反應。

「怎麼這麼乖？」少女看了半天，發出疑惑。

「以前在實驗室裡就是這樣，不逃走鬧事省去我們很多麻煩。」說著，影鬼轉向海特爾，「你不用費心把自己的食物分給其他人，所有東西都有下藥，只是藥僅對特定人生效——他們身上有相應作用的藥物，所以你吃了也不會有影響。」青年那點小動作他還是看在眼裡。

「這樣啊……」海特爾有些遺憾。他原本想說如果他的那份沒有藥劑，說不定能讓其他人多少恢復些力量。「對了，如果你們允許，能不能再給我一些被枕用品？這樣對其他人身體會好些。」

除了柏特的之外，這些房間全都空蕩蕩、沒任何物品，就連身為女性的布蘭希都是窩在地板上睡覺，對於身上帶傷的人實在很不好。

「喂，你是囚犯耶，有囚犯這麼理所當然要東西的嗎！」少女覺得對方很自然的語氣讓她想翻白眼。

「這位說過希望我乖得如同寇奇身邊的狗一樣……當時我向寇奇請求，很多事物他都允許給我。」只是會被揍而已。海特爾當然不希望又被揍，不過如果能換取些東西，他很習慣那些疼痛的。

「……有病。」少女側頭向身邊的雀鳥說道：「嗞有說不能給嗎？」

「倒是沒有，只是之前柏特沒幫他們要，我以為不需要。」影鬼看著青年，有些興趣了。

「那就給他，沒看過囚犯還幫別的囚犯要東西……」應該說，她沒看過這麼怡然自得的囚犯。

「先謝謝了。」對於兩名強盜這麼容易被說服，海特爾有點高興。畢竟他很需要被枕，尤其想要給茉莉。兩次用藥後，茉莉的氣色明顯好多了，雖然能力消退，不過持續治療下去，小女孩應該能再度睜開眼睛。

「我們可是想要扯出你的心臟，你還對我們笑，這樣沒問題嗎？」覺得對方道謝得太過眞誠，少女反而有種很不對勁的感覺。

「如果這樣能讓你們心情好點，那或許我還能要求些額外的熱水與衣物，不是很好嗎。」當然知道強盜們要的是他身上被植入的東西，不過海特爾覺得這應該是兩碼子事，眼下他還能照顧好其他人，然後乖乖等待波塞特他們來救援。

「雷利，如果噬沒有反對，他要的都給他吧，這傢伙都把我搞毛了。」不知道爲什麼，少女覺得自己眞的有點毛骨悚然。對方的態度眞的太過於自然誠懇，讓她都不知道該怎樣應對。

「非常謝謝妳，請問妳是……？」海特爾微笑地發問。

「美莉雅。」少女——美莉雅甩甩手，讓影鬼先去交辦事務，「你眞的不怕？你可是被關在敵營裡喔。」

「嗯……很久以前我就學會，與其將時間花在瑟縮著恐懼尖叫，不如安安靜靜地做好些事情，對大家都好。」雖然他依舊很害怕，但海特爾覺得這次比在實驗室中好得太多了。

因爲他知道兄弟會來，而非在實驗室裡永遠等不到父母。

這次他擁有希望。

「你傻的啊。」美莉雅覺得自己有點受不了這人，溫和順從到太詭異了，正常的囚犯才不會這樣，更別說還衝著他們友善微笑，「腦子有毛病。」

「如果這樣能讓你們放心，或許我能夠再請求些額外的……」

「停，你開清單吧。」

美莉雅決定不要再跟這種莫名其妙的人打交道，「開好清單，我讓雷利去準備，不要再跟我講話了！」越聽她會越覺得渾身不對勁。

「那麼就謝謝了。」

海特爾開始思考，說不定眞的能替茉莉他們申請到床鋪呢。

這樣，所有人就不用睡在地上了。

□

離開密室回到上層，美莉雅推開門聽見的就是克諾在裡頭大笑的聲音。

「那傢伙到底是怎麼回事。」白了克諾一眼，她知道他們肯定都看見剛才的對話了，「兔俠那票人都有病。」

包括那個叫青鳥的也是，一群人都莫名其妙。

「妳不會送他幾間套房吧。」克諾聽到要開清單時，深深覺得應該會開出很好笑的東西。

「去你的！」美莉雅朝友人腿上踹下去。

「反正死期也不遠，隨便他。」噬並不在意青年要求什麼，就算他想要把其他人都放走，自己還是有把握全都逮回來，然後再一一弄死。

「……眞的會死嗎？」其實美莉雅剛剛講的話只是在嚇唬對方，她並不確定其他人要怎麼做。

「雷利說可能會，要看那個叫寇奇的人怎樣設置，開了就死也是他的命。」老早就聽過影鬼分析，噬懶洋洋地說道：「不過就是條蟲子。」

「比較乖的小蟲子，一掐就死。」拎起美莉雅放到一旁的椅子上，克諾拍拍少女的頭，「不過，柏特該怎麼處理？」

不知道究竟有沒有搞清楚狀況，海特爾接手連同柏特一起照顧，不過被炎獄焚身的柏特就和前幾天帶回來時一樣，即使醫療儀器盡力快速治療，無法消除的火焰仍然繼續焚燒他的身體，現在看來還是燒焦的樣子。

「死或活都不會影響我們。」從一旁的影子中走出老虎形體，影鬼說道：「我們只需要他當聯盟軍的橋梁，現在用完了，活不活都無所謂。」

柏特的用處只有在最初聯繫第六星區那些人，其餘的都不需要，頂多把屍體還回去時交代一下說是被炎獄動手殺掉就行，看屍體的樣子，軍事家族也會心裡有底，不會追究太多——他們總不可能期待發動這些襲擊還不會有傷亡吧。

「寇奇的主機解析得如何？」對柏特的下場沒特別興趣，噬歪頭看著跳到椅子上的影鬼。

「算順利，我們該感謝阿克雷沉掉那座生活島，很多檔案都被銷毀了，現在我們手上有著比別人還多的資料，可以搶先一步到達。」少年沉掉子艦時放出的病毒不但吞噬了整座島嶼的資料庫，也連帶銷毀當時和島嶼連線的所有主機，包括強盜團手上的那些，重創不少珍貴資料庫。影鬼相信少年並沒有把這件事告訴其他同伴，當時操控島嶼的幕後人們可是怒得直跳腳，急著想要找出是哪種頭腦才做得出這些事情。

「那個湖水綠真的是阿克雷嗎？」美莉雅是在這兩天才得知這件事情，讓她極度驚訝……噬三人完全沒告訴她，她也還不懂他們究竟想要做什麼。

「至少他是第一家族這點不會有錯。」短時間內要沉掉一座子艦並不是簡單的事情，除非用獨立系統，否則就算是蘭恩家也很難辦到。影鬼偏頭思考了下，「還有，當時幫他毀掉子艦的人我們到現在還不知道是誰。」

這就是他們現在還沒正面衝突的原因。

「阿克雷」身邊還有不明存在，在海下使用炎獄和其他能力毀滅分島的人物還未探查到。比起沙維斯那些人，不明存在才是威脅。

最讓他們奇怪的，是在於整座島嶼都沒有拍到那個不明存在，就連遭襲擊時也沒有，毫無任何影像或記錄留存，這點相當不對勁。

「總之，我們得小心那個不明存在。」

《兔俠　卷七．五大家族的誓言》完

番外▼摯愛

這個世界，是從「愛」開始的。
從最初開始，無法理解的震動與聲音，包含著令人平靜的安心與溫暖。
某種小心翼翼。
某種珍惜。
某種欣喜。

如果是神的應允，那麼這一切肯定就是被允許的。
如果神並不樂意發生這樣的事，就不可能給予她們如此的選擇。
所以她們使用了被神默許的力量來達成自己的心願，即使不被接受也沒關係，只要這個心願能永遠地實現，犧牲任何事物都無所謂。

所以，她不會放手。

永遠都不會放手。

□

我在聽……

我在聽著……

蜷縮著身體時，她聽見了來自四面八方、各式各樣的聲音。

全然不明白。

但是，能感到安全。

隨著那些聲音越來越清晰，某種與她相似的「存在」與她連結起來，輕輕柔柔的，帶著令人歡欣與舒服的感覺，讓她不由自主地勾起唇。

她們彼此交談，並非使用語言，而是屬於她們特有的連繫方式，就像……嗯……就像之後學會的那些形容，一個祕密小花園般的神奇地方。雖然她還不懂對方的意思，但是那些事情令人非常高興，很喜歡，也相當期待。

期待著離開這個地方，用自己的眼睛看著另一個無法進到花園的「他」。

她說，她愛他，而即將加入的她肯定也會同樣地愛。

那個人雖然不擅言語，似乎也少了根筋，但卻讓她重新拾回了身爲人類的感覺，擁有滿滿的愛意，只想要永遠待在他的身邊。

即使她們都知道那天到來時，會有怎樣的結局。

脫離母體的那天，她們的連繫中斷了。

就像原先所知的結果一樣，所以她並沒有哭號，靜靜地躺在醫療人員手上，渾身鮮血地看著那些因精神系能力波動而代替她們哭泣的所有人們。

她在聽著……那些刺耳又令人絕望的混亂。

當時，還不知道何謂死亡，只明白連繫的另外一個「她」逐漸消失聲音，許多人們急著將「她」轉移到別處，放進巨大的箱子裡。

此後有很長一段時間，「她」都不再有任何回應，退出了那個她們的祕密小花園，就這樣躺在箱子裡被動地維持生命。

她太過幼小，躺在另一個小盒子裡看著其他存在。

不同的聲音源源不斷傳進，她還無法理解，只覺得是大量的雜音，而且帶著讓人不舒服的怪異；所以她憤怒、尖叫，讓那些聲音戛然而止，那些有敵意的，就穿透他們的「花園」，驅離排斥。

充滿知覺的巨大怒意讓她逃竄出去，努力地、努力地想要把「她」找回來。所以最終她躲入了「她」的巨大身體裡，企圖躲避那些害怕、敵意，想要傷害她的各種怪異。只是在逃入「她」之後，她猛然驚覺……她們眞的再也連繫不上，因爲她已經不在。

震撼地摔回自己身體時，她開始大哭，周圍被她驅逐、躺在地上的那些存在流出更多紅色的水，帶來惡臭，像是鎖鏈般將她撕扯到最可怕的地方。

在一片混亂中，有人輕輕抱起她。

她望進一雙很漂亮、從未看過的顏色中。那雙手和心一樣有著溫暖且令人安心的力量，很久以前她與「她」曾經一同感受到，只要這個「他」存在，她們都會相當放鬆，不會有人傷害她們。是的，相當地安心，且高興……

「在下，會永遠保護妳。」

低低的語調安撫了她的痛苦。

在母體中時，她曾聽過這樣的聲音，雖然相當少，不過距離她極近，那種安心感經常讓她蜷縮身體緩緩入眠。

倚靠在對方的手上，她終於放下心，褪去痛楚與害怕，慢慢閉上眼睛。

後來，「艾咪．萊珮利」這個名字就登錄在她的檔案上，代替已歿的「西西．萊珮利」，成爲十島的資產之一。

十島，作爲學術研究機構島嶼，隔離了星球上所有紛爭。

在這裡沒有人會深談那些家族惡鬥，也沒有人因爲自己的身分對其他人有所歧見。所有人都視此地爲家庭，共同保護這裡面的一切。不論是研究也好、成員也好，他們同樣喜歡這VT10所形成的自治島嶼。

艾咪成長之後，腦部以極快速度發展，超越同齡人，一邊接受十島安排跳級學習，一邊偷偷擷取著人員們腦袋中的訊息，搞不懂的地方就用與生俱來的力量操控他人替她弄懂，很快地，便讓自己在六、七歲左右完全掌握周遭事情。

消失的「她」……西西．萊珮利，是外面所謂星區家族送進來的人，與自己相同的精神系力量對「她」造成了極大的生命威脅與損傷，所以被送入這個與世隔絕的中立地帶。

某個成人腦中有過這樣的訊息——

各式各樣奇奇怪怪的東西經常會以不同名目被送入十島。有些是請求救援，有些是希望銷毀。星區裡做出莫名其妙東西的人們並不一定有能力完全處理掉物品，只得依靠學術研究機構這邊想辦法分解掉。

用這裡人的話來表示，就是：幫那些渾蛋擦屁股。

唯一值得安慰的是，那些渾蛋至少記得定期捐出龐大款項。美其名是贊助學術研究，其實也就是對於各種處理損害的補償金罷了。

西西．萊珮利也是如此被送進此處。

據研究人員們的討論，能知道西西是家族那些基因科技下的被害者，她的力量遠遠超乎家族原先的設定與預料，也因此爲自己與家族帶來殺機。過了被其他家族討伐的一段日子後，家族終於不得不將原本可作爲優秀兵器的少女送入十島請求庇護，也希望十島能淡化、廢除這種力量，不再讓星區家族有開戰藉口。

這並不罕見，這裡的人們見多了這樣不得已下的產物，西西不是第一個，也不會是最後一個。

對於這些精神系或空間系的產物，研究人員都相當謹慎，畢竟這些存在輕而易舉就能造成龐大傷亡，同時能無視那些隔離，隨時可發動襲擊。過往，十島曾遭遇很多這樣的狀況，有時候會折損研究人員與護衛，有時候還會損壞好不容易架構好的島內結構。

除非有特殊理由，十島在研究記錄過後，向來會直接破壞這類人的能力基因，盡量使他們恢復成不具備任何力量的「正常人」，所以遭遇反抗很尋常。

不過顯然西西的力量特別到讓十島一直未完全消除她的能力，而是留存到艾咪誕生、並傳承了同樣強大的精神系力量。不知道是不是母體身體中擁有的科技藥物的影響，總之艾咪打從一開始，就是研究人員們口中的「最高階」，渾然天成，完全不需任何人工輔助，即能輕輕鬆鬆穿越在各式各樣的人身上。

沒有告訴十島那些人的是，這份力量打從她開始有意識時，母體便連繫上她，然後溫柔仔細地引導，最終使她能如同呼吸般自然運用。

那些人沒有必要知道，否則就會更警戒她。西西在那個時候如此告訴她，她們必須保護自己，不能讓外人明白她們的底線。

他們……將她的身體隔離起來，美其名是住在生活區中的特殊安全房，實際上卻是

將她安排在只有特定人員才可進入的獨立空間中。不讓她與「他」在一起，已讓她非常不悅；她需要的是那份安心感，能夠讓她緊緊抱著、酣然入眠，不必擔心任何事情的手與身體。

即使父親就住在生活區另一層，也能站在她的房外……這麼地接近，卻隔著層層門鎖無法觸碰。

抗議了很多次，被稱爲像是棉花般柔軟的童音每每只換回成人們敷衍的話語。

「艾咪乖乖，做好這次研究，週一就能見爸爸喔。」

她，非常討厭這些人。

□

「磬。」

伸出雙手，讓父親抱起。

每週一，在十島的允許與限定範圍內，她能夠離開安全房，當短短幾小時的「普通人」。就和其他同齡小孩一樣，假裝自己不用待在那個白色空間讓其他人放心，假裝自己什麼力量都沒有，能夠抱著父親的頸子，然後坐到他的肩膀上。

父親很沉默……不是針對她，還在母體時她便知道父親很沉默，幾乎不與任何人說話，大部分都是西西主動開口，要說很久才會換得對方幾句應答。她們知道這是因爲男人的說話方式與其他人很不同，從古老母星影片中學來的奇異說話方式，在觀察人員未特意矯正下定型了，所以除非必要，男人都是閉緊嘴巴。

隨著心智成長，她開始瞭解母親與她在花園中的那些交流。所有一切皆未曾遺忘，完完整整地封存在她的記憶中，只待她理解能力成長到明白的那日。於是隨著時間流逝，她知道了父親的喜好與在十島中的職位、背景。例如十星家在十島創立時便應邀前來，以護衛身分代代傳承下來，直到祖父母那一輩過於年輕去世，被遺留下的唯一獨子繼承體技能力後，十島的人們便以簡易研究爲名替他申請了較優於其他孩子們的資源讓他能無憂成長；直到足以擔任護衛、養活自己。

然後他遇見了被送進十島的西西。就像所有故事一樣，美麗的少女對沉默的護衛感到很好奇且有些連自己都沒意識到的好感；而男人可能也是十島上唯一一個不在意被少女用上精神能力的人……應該說不只不在意，就連被封鎖意識、遭到少女偷取身體到處惡作劇也不見皺一下眉；毫無抱怨，只在事後帶著淡淡的無奈收拾各式各樣的爛攤子。

她從西西留給她的回憶中看見了西西甚至用男人的身體往研究區主管的身後潑了一桶「肥料」，接著瞬間逃逸無蹤，讓男人自己面對滿臉鐵青的主管；又或者直奔女性居民們的更衣間等等，諸如此類的事層出不窮。

少女停留十島期間，常有外來者入侵試圖奪取她，男人更是數度趕到保護，不論是否因此重傷，只要少女一求救，那道寬闊的背影總會出現在她面前，傾慕之心因此日益增長。

雖然不見得是美麗又甜蜜的故事，但最終西西還是主動擁抱了自己選擇的人。即使身體虛弱，各項數據表明了「她」可能不久於人世，他們還是在十島的祝福下得到了很簡單、卻很漂亮的婚禮。

身爲父親的男人從來沒提過這些事，但她已經知悉許多。那些母體留給她的珍貴記憶一直支撐著她，花園中的溫柔語調一一述說著往昔的愛意，不論多麼孤單寂寞，都可躺在那些柔軟的故事中得到安穩，然後閉上眼睛，等待下一個會面到來。

等待著，那雙像是星星般的暗藍色眼睛。

「聽聞近幾日島內市集有外來的奇異表演團，帶妳去走走可好？」

順著肩膀，她滑落靠坐在父親胸前，聽著讓她有些睏意的沉穩心跳聲，然後抬起小臉搖搖頭，反駁對方的提議。

「想看星星。」那些表演團她已經看過很多次了。每當她在安全房內假裝沉睡或做其他事時，她便會偷偷離開自己的身體，依附到外面的人身上，使用別人的眼睛去感受各種不同的事物……表演、雜技，研究或者小發明爆炸什麼的。這些事情直到今日都還無人知曉，她能夠完全抹去自己侵入的軌跡，也不會留有後遺症給被寄宿的人。

只有一個地方，她是絕對不會利用別人前往的。

「為何妳會看不膩呢？」帶著有點好笑的低低語氣，父親抱著她轉向另一處通道，躲避其他人的目光，偷偷溜往生活區外、不被監控的方位。

「因為喜歡。」擁有暗藍色眼睛的父親，擁有銀色璀璨眼睛的母親，兩人都像夜空裡最美的星子。她一直很喜歡，總是磨著父親在短暫的共處時間裡帶她去十島的山丘頂端，遠離那些市集與煩躁的人們，沒有任何監視，在那裡她不會聽見別人的精神，只有她和父親，又安靜、又美麗。

所以她想離開十島，遠離那些吵雜無比的人類們。

然後，父親給予她的回應是否決。

不行。

世界太危險了。

這個世代，人人都只想追求自己的利益與奇特，尤其是追求罕見基因與無上的科技。爲了這些、爲了讓自己如同神明般可以恣意妄爲，外面的星區人們無論什麼都做得出來；無論活物死物、有機或無機，對他們來說只是某種「材料」罷了。

天生懷有罕見力量的幼兒就是所謂最上等的材料。

即使男人並未踏出過十島，但在島上所有見聞已足以讓他了解外面的世界對於她們有多險惡。

「即使我倆躲避至毫無人煙的地方，總有一天也會被心懷惡意的人翻找出來。」因爲有西西的前例，所以男人對於外界不抱持樂觀的看法。

西西進到十島後，依然有許多聞風而來的有心者試圖衝擊十島，如同其他也想得到不同罕見成品的攻擊者們。這些人不斷被擊退，偶爾也會有些混入十島，造成各式各樣的傷害……身爲護衛的男人長年與護衛團抵禦這些威脅。

西西來之前是如此，西西來之後依舊如此。
靠在溫暖的懷抱中，她聽見父親畏懼星區與世界可能會吞噬他周遭一切的心聲。
即使臉上沒什麼表情，平時也沉默得不發一語，但父親確實非常在乎她、護衛隊、身邊認識的人們，以及整座十島。
就像西西離開時，他雖沒有任何表示，但她能感受他的心顫動疼痛，即使過了很久，只要一提到西西，依舊發痛。
遲早有一天，會有人無法忍受觸碰不到自己想要的而撕裂這種平和。
父親的內心深處迴盪著這樣的話語。
然後是深深的恐懼。

□

父親的預感比所想的還快實現。
十島遭到毀滅那日沒有任何預警，島外的海域壓根沒有偵測到任何前兆，每個人就像日常一樣地過著生活。

她也像平常般坐在自己床上。理該酣然入睡的夜晚，她並沒有依照指示熟睡，而是抱著最喜歡的禮物，哼著歌、踢著腳。外面的人看來似乎是看著睡前繪本般的畫面，她卻是暫時性地寄宿在一名叫鄧、正想去其他區域的實驗人員身上。與同伴們一起並肩走的鄧當時還聊著外界最近越來越混亂了，星區與星區彼此紛爭不斷，前幾星區陸續引發小規模戰爭，再如此繼續下去恐怕會掀起難以估計的大型戰爭。屆時，擁有十島的幕後主人不知道會怎樣規劃這座研究島嶼的未來。

當然，十島成立以來，雖然經常遭到外界襲擊，但防禦措施非常優良，如果大家不出去蹚渾水、也不背叛引來外人，安全仍是無虞的。

這麼聊著的時候，他們正好與下崗要去例行檢查的謦相遇。

鄧還向對方打了招呼，在男人走近後，實驗人員們停下腳步，聊天般地告訴男人，被隔離在安全房的女孩如常，還吃了很多果凍之類的話。

男人向來不太有表情的臉勾起淡淡的微笑。

透過鄧的目光，她有些依戀地看著父親的笑容。

如果只有他們兩個就好了，永遠在一起，不用被限制見面時間。

這樣的想法已經不知道出現幾次了，如果沒有其他人，他們就不用聽從各種命令，被分隔兩地。

所有的事情是這瞬間發生的。

就在附近、銜接各個區域的中央大廳突然發出強烈爆炸。

巨大的衝擊從海上直接貫穿十島引以爲傲的保護壁，像是早已了解內部般直達第一區能源室，瞬間毀壞外區大半動力。

她也在同時間捕捉到突然出現的大量人類精神感，數量極多，密密麻麻的早已到達十島開始燃燒的外牆，毫不猶豫地展開屠殺衛兵或正在熟睡的居民的行動。

襲擊隊伍很快殲滅掉一波衛兵群，外面的普通百姓無一倖免。

接著島內發出猛烈的爆炸，不知道什麼時候各區都被安裝上了爆裂物品，一個接著一個輪番發作。

磬在爆炸瞬間撲身保護了眼前的實驗人員，附近其餘護衛隊亦然，拉扯著鄧的磬被爆炸衝擊掀到走廊的另一端。

等到周圍幾輪爆炸過後，濃濃瀰漫的煙霧讓勉強運作的空氣濾淨儀器稀釋處理，才看見大部分人都已葬身在爆炸中，有部分人被炸得看不出原形，更多是被壓在粉碎的建築物殘骸下。

磬讓鄧在生活區劇烈搖晃稍平穩些後，與剩餘的倖存者盡快前往避難所，然後自己立即加入戰線擊倒擁上的不明敵方，爭取讓非戰鬥人員撤離火線的時間。

這時艾咪已脫離了鄧的意識，回到了自己身體中。

一回過神，房間附近果然也傳來爆炸，癱瘓的系統讓她的層層門鎖失靈打開，她立即衝出了讓她厭惡很多年的安全房，想要馬上回到父親的懷抱中。

但一推開門，她就看見穿著奇異服裝的陌生人站在她面前，對方手上持著殺傷力極強的武器，腳邊躺著幾名壓根沒有攻擊能力的研究員、甚至清潔人員。

她聽見對方滿心的殺戮。

他們要將這座島嶼的閒人趕盡殺絕，帶走所要的資源，徹底讓「某些事物」沒有棲身之處，只能乖乖臣服於他們的掌控。

在陌生人還未反應過來或辨識她的身分前，艾咪瞬間奪走對方的意識，癱瘓他的腦部，連帶也癱瘓了附近幾名同夥。接著這些人身上的儀器發出警戒，召喚著同伴來這裡回收他們的目標之一：「西西．萊珮利的後代」。

走出實驗區前，她已經不記得自己捏碎了多少入侵者的精神，首次擴大且強烈使用自己的力量讓她感到相當吃力。

很想捕捉父親的所在位置，但周圍太吵了。

那些入侵者、瀕死的人員，還有正在奮戰的人們，所有聲音混帶著血腥惡臭全都朝她湧來，遮蔽了對父親的感覺。很快地，她發現敵方似乎擁有某種可干擾精神系能力的物品，試圖想要壓抑她的力量。

這一切讓她想起她與西西失去連繫那一天。

當時，她害怕得到處逃竄，想要躲到一個安全的地方，但哪裡都不安全，而且完全找不到西西，西西像是泡泡般，突然崩碎消失，那讓她非常恐懼。

她不斷躲避、不斷尖叫，卻沒有容身之所。

再度掐碎一名擋路者的精神時，她意識到自己不能走得太遠，因為父親肯定會來找她。

所以她抱著她五歲時收到的生日禮物——西西生前替她做的大白兔布偶，赤著刺痛的雙腳，閃避了生活區那些外來者，躲入附近的地下室裡。

蜷縮在黑暗中，不斷用能力呼叫能來拯救她的人。

西西說過，他一定會保護她。

等待，要乖乖地等待。

有幾次，她感覺到似乎有火焰要往地下室捲繞而來，於是她以疲憊的精神再度奪取外面某人的身體，啓動了一些還堪用的系統撲滅周圍火勢，接著又被外來者殺掉。

而且，那些壞人裡，肯定也有一個能使用精神力量的人。

她的能力被阻擋得越來越嚴重，逐漸連繫不到其他人。

這讓她開始感覺到自己毫無用處，眞眞實實地被遺棄在「黑暗」中。

不知過了多久，堆疊在入口處的雜物被人推開。

她將臉從大白兔的絨毛中抬起，四周一片黑暗，無法識別來人，但她知道肯定是她等待已久的人。

就算受了多處的傷、拖著腳步，父親在無法連繫上的狀況下，最終還是找到了她的所在地——就和西西說的一樣。西西說即使不用能力，他依舊會盡自己最大的力量找到她們。

「艾咪。」

父親張開手，抱緊哭紅一張臉的她，而她也用力緊緊抱著對方，害怕地直顫抖。

她不記得自己大哭時說了什麼……很可能有說她在黑暗中憤恨地抓出了敵方使用精神力量的人，然後將那妨礙她的壞人撕扯成碎片，接著把那壞人附近的同夥也都捏死，讓這些該死的東西付出代價。

父親不斷安撫她，讓她冷靜下來。

抱著對方溫暖的身體，逐漸停止哭泣時，她突然湧起了強烈的念頭……她應該要把所有阻礙她的人都殺光才對，只要妨礙她的就都不是好人……應該要全數殲滅才對！

不論是外來者也好、研究員也好，每個人都不考慮她的意願。

「我們離開。」知道外頭的形勢已非常險峻，父親這樣說道：「別擔心。」

她知道對方相當擔心。

透過記憶，她看見在過來前，父親已在通道上放倒許多人，經過更多熟悉面孔的破碎屍體。一路上，父親不斷思考著該如何從火焰中脫離，以及之後種種的事……

對她而言，世上並沒有安全的地方，如同西西會被送進來的理由，她們的能力不論出現在何處都會引起爭奪，有心人肯定會用各種方法抓捕。

——必須要找到一個能讓她安全成長並順利活下去的地方。

迴盪的心語比任何憂心都還來得強烈。

她縮著身體，只覺得如果有那個地方，肯定是在父親的身邊，就像西西留給她的想法。而且爲了這個心願，西西使用了更多不爲人知的方式，包括在十島外海就處置掉那些想要將她收回家族的使者、想搶她的野心家，她的母親背地裡用上很多手段，爲的就是留在父親身邊。

爲了唯一的人，「她」可以對外界冷酷決絕，就如同那些星區對「她」所做的。

這些事情從來沒有人曉得，往後也絕對不會有其他人知道。

只要能離開十島，艾咪打算學習母親，保護自己想要的。

正暗暗這樣發誓的時候，上方再度傳來猛烈的爆炸聲，接著是一陣天搖地動，地下室所有東西被左右拋甩，已被破壞動力的系統儀器無法發揮作用，更別提擋住逐漸崩潰的建築物。

所有東西壓下來的瞬間，她只看見黑暗，以及保護在她身上、發動極端能力不讓任何東西壓上她的父親。

衝擊傳來，雖然沒受到任何傷害，但她還是暈過去。

意識消失在黑色之中。

□

我在聽……

我還在聽著……

她躺在地面上，從隙縫中仰望著天空。

雖然黑暗隔絕了一切，但她依然能看見，那閃爍燦爛的星點如同以往般，非常非常地美麗。

在「彼方」的身體，抱著柔軟的軀體。

然後，勾起微笑。

我還在聽著……

她在夜空中睜開了眼睛，與「她」相望。

那時候無論如何都沒有找到的人，在璀璨的星夜下對著她盈盈地微笑。

一瞬間，她突然明白了，「她」始終沒有離去，在她們那十個月的花園裡、在星空裡、在十島的某一處——現在她終於找到了。

「她」伸出手，握著她小小的手，她們一起俯瞰著支離破碎、被夷爲平地的十島。所有建築與人員都消失在襲擊之下，來不及撤走的敵方被壓在十島的殘骸與屍體中掙扎著殘喘氣息。

她們微笑，掐碎了最後那幾縷微渺氣息。

然後，她回到身體中。

輕輕睜開眼睛，依舊黑暗，缺少星星美麗的光芒，什麼也看不見，但聽見了男人在上方的呼吸聲，帶著些許痛苦，卻很平靜。

「艾咪。」男人開口：「試著尋找看看，是否還有活口。」

假裝使用能力般閉上眼睛，她們其實在數分鐘前已經知道答案。等待了半晌，她才回應對方：「沒有，沒有活的人，沒有『花園』。」

聽見上頭傳來淡淡的嘆息，感覺到男人快速思考著該如何移開身上揹負的重量……他們都知道極端能力只能支持一時，不能永久使用。

男人再度讓她搜尋附近的活物，即使是隻老鼠，也能操縱去尋找緊急使用的儀器，她也確實弄到了老鼠，在男人的教導下找出埋藏在島嶼另一端的通訊儀器，發出求援到指定位址。

等待時，先後用了老鼠與其他路過的小動物幫他們從隙縫中一點一點地拖進破碎的食物。

男人使用極端能力固定住自己的身體，不須進食，他催促著她儘可能把那些食物吞進肚裡，保持最佳體力，好擁有更久的時間等待救援。

只是一天過去、兩天過去、五天過去……救援一直沒來。

她在「她」的教導下，開始嘗試著拉出男人的意識，放置到比較完整的屍體上，但是失敗了。到第十日時，才順利固定到無機物上；又過了兩天，終能完好地使用那隻兔子布偶，替代無法動彈的男人清除四邊雜物。

一開始，那些壓下的建築物只要觸碰就會引起一陣崩落，差點連布偶都被壓壞。細心地清除幾次，布偶終於打開一條很小的道路，讓它能壓縮身體經過；從外頭搬開雜物，之後修復了一些儀器與備用動力後，輔助著移除更沉重、大件的破碎建築物。

這時四周已瀰漫著無法揮去的惡臭，除了屍體的臭味，還有各種不明物體或是原料混合在一起發出的惡毒臭味。

幾次被危險的混合溶液濺到、或是在搬移重物時不小心勾破撕裂一小部分，在移開他們上方的牆面、終於能看見一絲光芒時，西西親手製作的生日布偶已經變得十分殘破，甚至連眼珠都不知道掉落到何處，臉部一片空白。

第二十日，布偶搬走最後一根斷裂的梁柱，讓女孩得以從躺了二十日的地面上虛弱爬出；但是布偶拔不掉插在男人背脊上的幾根斷裂支架，有些已經穿透他的腹腔、插進地面，他像是蝴蝶標本一樣被固定在玻璃盒中——他在接受到痛楚那瞬間用極端能力固定自己的身體，凝止血液，排除所有感覺，等待二十日之久。

看著自己的身體，同樣破碎的布偶靜靜地看著趴在另外一邊的她。

「我不要走。」因爲長時間沒有活動，她的身體一時無法站起，就著樣抱著男人的手臂，用對方看來鎮定異常的冷靜言語說道：「我們要永遠在一起。」

「……在下只要一解除能力，身體便會崩潰。」即使沒受傷，他們也等得太久，布偶不用說出口，也知道她在探知他的想法。極端能力使用太久，承受太多不該是人類軀體能承受的力量，再怎樣強壯如鋼鐵的身體也會崩潰。

「可是，你說過要保護我。」她眨眨眼，讓眼淚落下，「那我也要死、要崩潰。」

布偶沉默了。

「她」在說著耳語，她們知道有另一種方式可以留下他。

最終，布偶也選擇了那種方式。

他拿來大量能暫時維持機能與活性的藥劑，保存頭部，然後取下頭顱。

看著沾滿鮮血的布偶，她伸出手，接過能夠連繫精神的重要核心，露出了滿足的笑容。

她不會放手。

她們不會放手。

布偶解除能力時，與大白兔同樣殘破的無頭身體在一瞬間像是沙土般崩碎開來，海風吹來，就這樣一點一滴地四散飛開，成爲十島殘骸的一部分。

□

十島被撤離了。

她抱著放置在背包中的頭顱，與大白兔坐在漂流出海域的小船，聽見儀器中不斷傳來十島幕後擁有者發布的命令，讓十島倖存的人們與固守在外的各據點都撤回，所有相關學術單位全部撤走，手上的研究物就地銷毀或是送離，數據與資料同樣不得留存。

很短暫的時間裡，十島的一切都沒了。

擁有者像要抹去痕跡般，帶著剩餘人消失在世界上，不再讓外界聽見他們的消息。

她看著大白兔，搖頭。

於是他們沒有再回到「十島」，跟著小船在海域上漂流著，漂進了自治區，被當作擁有某種操作力量的能力者，讓他們得以賺取一些費用繼續購買維持的藥物；大白兔也換成了嶄新的布偶，白得能發亮的身軀幾乎與她相同高度。

他們再度回到十島，這時島上的一切都已消失。不管是殘骸、或是其餘什麼，都被人處理得乾乾淨淨，只剩下光禿禿的小島嶼。他們在那裡埋葬了西西的布偶，做了個沒有名字的墓碑，接著踏上路途。

不久，發生了震撼整個星球的大戰。

空氣、水充滿「莉絲」，渲染開的物質強迫人類停下戰爭，大量儀器與科技被廢棄，某部分重回相當原始的生活。

這時已開始有些失去生機的頭顱不再像初時有較強烈的生命力能支撐連繫，她必須更專注維持連繫，她們知道只要一斷去力量，男人就會消失。

拒絕任何反對，她購買了保存艙，讓自己進入更長的睡眠，將所有精神力放在頭顱上。

大戰平息後，星區組成了聯盟，七大星區簽訂各式各樣的條約，讓人類能夠留存。布偶帶著保存艙漂流到第七星區。

剛開始布偶只做一些打雜的事務，接著收到委託，兼處理護衛工作，得到更多的費用能購買藥物與營養液體，讓她成長速度減緩的身體能在睡眠中不至於被活活餓死。

之後，大白兔在閒暇時間無償做了更多排除強盜的工作。

大白兔始終想要找到一個眞正安全、能讓她平平安安成長，不用再擔心任何人想奪取力量的天地。

但不管如何找尋，終究還是會碰到各種威脅。在移除那些威脅時，開始有普通人們感謝布偶的行動，那些感激慢慢地一點一滴擴散開來，得到幫助的人有能力後也會回饋一些藥劑……雖然他們不明白爲何大白兔需要，但他們確實因布偶的關係得到了喘息空間，能成長並有機會改善環境。受到協助的人不問原因，打聽到白兔需要的物品後，自發性地購入，並以各種方式轉送到大白兔手上。

收到禮物，大白兔在感謝之餘，也更認眞協助清除日益增多的強盜群，替更多人爭取努力生存的短暫時間。

逐漸地，她的力量在戰後新世代被定名爲「調魂」，大白兔也成爲「處刑者．兔俠」。

又過不久，「兔俠」出現了自願者，形成了兔俠組織。

在這其中，幾乎沒有人知道大白兔的來歷，只有一名被大白兔從某個殘酷的事件中救回的男孩，在得到她們的信任後，由大白兔向對方說清楚緣由。

名爲里歐、擁有野獸系能力的男孩一開始很震驚，但如同她們所料，男孩對這件事守口如瓶，這便省了她向對方施加精神暗示的麻煩。

被帶到已經更換無數次的保存艙前，男孩還是有些不可置信地看著沉睡在液體中的她，接著向大白兔承諾，會協助守護這些。

「但是，妳想要這樣多久？」

幾年後，成長爲青年的里歐站在外頭，露出有些悲傷的笑容問著她：「雖然現階段我們的確還需要兔子。但是，妳想再這樣繼續多久？」

她不用睜開眼睛、也不用開口，只輕輕地在對方心中敲響了回應。

她想要這樣直到永遠。

無論如何，她都不會放手。

她們是不可能會放手。

「很多事情，不可能永遠持續下去，我們都知道兔子很累了，總有一天妳必須讓自己放開手，讓他能閉上眼睛好好地休息。」青年知道她的執著，也明白她從未告訴大白兔或任何人的想法，那張被外人認爲很大而化之的爽快面孔下，藏著被埋起的敏感心思。所以她也毫不意外聽見了對方嘆息的下一句：「那是他應得的。」

青年心中憂慮著大白兔的未來。打從寄宿到布偶身上後，大白兔已失去感官嗅覺，既不太須要睡眠休息，也不再擁有能夠享受食物的種種樂趣。用這種狀態能持續這麼久一段時間而沒有精神崩潰，讓青年很佩服對方的意志。

只是他們心中都有底，這種幾乎蠻橫的留存方式對大白兔而言是種傷害，雖然他一字抱怨都未曾提過。

即使如此，她也不想放手。

她無法接受手中珍愛的事物成爲灰土殘餘的一部分。只要有方法，即使對方僅能這樣活著也無所謂，她會盡自己所有力量維持「存在」。

除非她們消失，否則不可能鬆開手。

那些想干預她們的都必須排除，影響連繫的，她也不會手軟。

「妳殺了影響『調魂』能力的人，兔子遲早會知道。」青年擁有的特殊嗅覺讓他思索並了解那些消失的人有什麼遭遇。

她在被迫中斷連結的幾次暫時清醒，讓手中所愛沉睡後，擴大了力量，捏碎或是反向操縱那些膽敢傷害大白兔的人，讓他們因各式各樣的「意外」消失。

青年還沒告訴大白兔這件事。在不使用「調魂」左右對方意志的狀況下，她希望對方不要說。幾次的懇求，讓青年只好點頭同意暫且壓住這些事情，不主動向布偶提起。

「但最終，妳還是必須讓自己明白該鬆手的那瞬間。」

不會有那瞬間的，她如此回應。

□

再來，大白兔兩人爲了追蹤飛行器被帶到第六星區。

他們在那裡遇到種種事情，認識新的人、第六星區的處刑者，被牽連到一連串不停休的事件中。

然後是聯盟軍那個不知恥的小調魂想要破壞她的連結，在她想掐死對方之前，便被新的處刑者給打斷，陸續事件如水波般掀起一層層漣漪。

不知爲何，她好像在裡面看見了齒輪般的軌跡，連結到很多事情，隱隱約約浮現了奇異的預感，好似能因此了解最初十島破碎的原因。

沒多久，那名小調魂損傷她的連繫，這時布偶的本體已很不穩定，她沒心思去追殺

對方，只是專心致力地再將連結重新穩固，讓大白兔能夠在第七星區變動時回到布偶軀體。這期間，里歐替她更換幾次藏身地點，兔俠組織的處境也比先前更加艱辛。

爲了將力量發揮到最高，以及做最長距離的連結，後期她幾乎隔絕了自己與外界的連繫，如果不是像里歐這樣靠在她的保存艙邊上說話，基本上她已經感受不到外面的動靜，都是透過男人的頭顱得知他所看見或思考的外界事物。

即使如此，那個不要臉的爛調魂還是襲擊她的連結，而且還動用藥物與極端能力切斷她的力量。

她睜開眼睛，懷抱著頭顱，怒火洶洶。

重新修復連繫軌道時，她撥出一點力量搜索里歐，卻發現對方的氣息極爲衰弱，讓她無法順利接連上，只知道青年承受了極大痛苦，被關押在詭異的狹小空間中，紅色的鮮血像是襯墊般在他身下展開。

顧及大白兔的狀況，她一時半刻無法接收對方的身體帶他離開，只能盡快進行手邊的工作。

偏偏那個不識相的該死調魂再度干擾她。

既然想死，就讓你們都死光好了。

雖然如此打算，但正要讓那名自不量力的小女孩徹底消失時，她竟然再度被阻止。擁有與她們不同力量感的陌生調魂阻止她要消除所有外來者的動作，而且在那瞬間讓大白兔也進到她們的意識之中。

已經很久沒看見的男人擁有數百年前的型態，有些嘆息地看著她。

「請不要再攻擊其他人了，這些全都是友方，並無任何惡意。」

男人這樣說著，讓她停下手。

她轉過頭，看著詭異調魂力量的方向，對方並沒有出現在她的意識中，看不見眞正的形體，但她反饋的衝擊肯定有傳到對方身上。

即使如此，那名調魂似乎不受影響，還是干預著她的空間，讓她暫時無法向外擴張力量，短時間無法影響外界的人。不過她發現怪異的調魂竟然修復了大白兔的連結，而且很快地引導回布偶身上。

除了西西，她首次遇見能力比她高深的調魂，這讓她下意識有些發顫。如果對方有那個意思，說不定眞的會將她與大白兔之間的連繫切除，她們會再也找不回男人。

不過那名調魂什麼也沒表示，在外界的事情處理到一段落，突然又消失了。

隨後，在大白兔的主動坦承下，他們的本體暴露在外，除了里歐，潛水船中所有人都清楚明白了她與大白兔的眞實面貌。

大多數人都非常驚訝，但她也隱約聽見了認同的心語。

她還是不會放手。

□

在里歐接受眾人幫助與治療時，她來到了對方黑暗的夢境裡。

自從第七星區的小村被滅村後，青年的夢境幾乎沒有任何改變——始終是那個充滿屍體的鮮血小村，青年就站在那裡，腳邊是血肉模糊的各種亡者。

她曾主動提過要幫青年消除這場噩夢，才不至於在每次深睡時被驚醒，但對方搖搖頭、拒絕了，寧可一再夢到這些殘酷也不願意忘記。

看著她，青年有些無奈地苦笑。

「兔子眞的很在意現在周遭的人們。」青年微微彎下身，撥動腳邊的酒壺。

「……那我就更不會放手。」她發誓般地輕輕說著。

「不，那表示總有一天，兔子會將心願託付給他們。」因爲可信任，所以大白兔才會揭露本體與因由。青年明白這就表示大白兔打算在自己無法繼續存在時，將女孩交給潛水船裡的人們。

即使再怎樣努力，他們依舊創造不出眞正安全無慮的地方。

大白兔的心願是打造完全安全的區域，讓艾咪，以及後來那些村人、孩子們能夠不受威脅、無憂地生存下去。

里歐的心願是提升第七星區，排除那些強盜，讓星區上的人們得到自由，以自己的意志繼續存活。

他們的道路相似卻又不完全相同。

即使大白兔離開，里歐也會在有生之年替對方完成這些心願。

「但是，我的心願是磬．十星永遠存在。」

看著慢慢在夢境中消失的青年，黑暗再度覆蓋一切。

她伸出手，從沉黑的彼端探出蒼白的手掌回握她的手，纖細的身軀隨之出現在身

側，與她相望，「西西也是，我們只要他活著，永遠地活下去。」

即使痛苦也無所謂，只能用那種型態活著也無所謂。

這是她們最大的心願，也是最大的自私，在有生之年，她們不願看見自己的摯愛比自己先行一步，那是無論如何都難以接受的事。

如果這是不被允許的事情，神就不應該賜予她們這種力量。

她們是如此深愛著手上僅存的唯一。

「所以，我是絕對不會放手，永遠不會。」

直到死亡，她都不會放開。

永遠。

〈摯愛〉完

國家圖書館出版品預行編目資料

兔俠. 卷7 / 護玄 著.
——初版.——台北市：蓋亞文化，2015.06
面；公分.——（悅讀館 ；RE307）

ISBN 978-986-319-157-5（平裝）

857.7 103013471

悅讀館 RE307

兔俠 vol. 7 五大家族的誓言

作者／護玄
插畫／Roo 封面設計／克里斯
出版／蓋亞文化有限公司
地址◎ 台北市103赤峰街41巷7號1樓
電話◎（02）25585438 傳眞◎（02）25585439
部落格◎ gaeabooks.pixnet.net/blog
臉書◎ www.facebook.com/Gaeabooks
電子信箱◎ gaea@gaeabooks.com.tw
投稿信箱◎ editor@gaeabooks.com.tw
郵撥帳號◎ 19769541 戶名：蓋亞文化有限公司
法律顧問 / 義正國際法律事務所
總經銷 / 聯合發行股份有限公司
地址◎ 新北市新店區寶橋路二三五巷六弄六號二樓
電話◎（02）29178022 傳眞◎（02）29156275
港澳地區 / 一代匯集
地址◎ 九龍旺角塘尾道64號龍駒企業大廈10樓B&D室
電話◎（852）2783-8102 傳眞◎（852）2396-0050
初版一刷 / 2015年6月
定價 / 新台幣 240 元
Printed in Taiwan

GAEA ISBN／978-986-319-157-5

GAEA

GAEA